Glück allein macht nicht glücklich

Gewidmet meiner

Glücksbringenden Familie ♥

Elfride Stehle

Glück allein macht nicht glücklich

Kurzroman

Bibliografische Information der Deutschen Nationalbibliothek:
Die Deutsche Nationalbibliothek verzeichnet diese Publikation in der Deutschen Nationalbibliografie; detaillierte bibliografische Daten sind im Internet über http://dnb.d-nb.de abrufbar.

Satz und Layout: Elfride Stehle
Lektorat: Petra Kesse

Coverbildquelle: Pixabay, lizensfrei
Covergestaltung: easyCover BoD

Personen und Handlung sind frei erfunden und Ähnlichkeiten mit lebenden oder verstorbenen Personen wären rein zufällig und nicht beabsichtigt.

Herstellung und Verlag: BoD – Books on Demand, Norderstedt.

ISBN: 978-3-7526-2704-6

*»Um den vollen Wert
des Glücks zu erfahren,
brauchen wir jemanden,
mit dem wir es teilen.«*

Mark Twain

Prolog

Im Schneidersitz auf dem Fußboden kauernd starrt sie enttäuscht auf den Haufen Papier vor sich. Nur Nieten. 100 Euro futsch! Sie hat einfach kein Glück. Dabei klingt dieser Spruch ›Jedes 2. Los gewinnt‹ immer so verheißungsvoll. Von wegen! Sie schnauft ärgerlich. Rasch sammelt sie mit beiden Händen die vielen Rubbellose auf und stopft alles in den neben ihr stehenden Papierkorb. Seufzend erhebt sie sich, schnappt den Behälter mit dem tristen Inhalt und will gerade damit die Wohnung verlassen, als es an der Tür klingelt. Sie stellt den Korb ab und öffnet. Vor ihr auf dem Abtreter liegt ein Blumenstrauß. Sonst ist niemand zu sehen. Sie bückt sich und nimmt den Strauß mit hinein. Wer könnte ihr die Blumen gebracht haben, wundert sie sich, während sie nach einer Vase sucht. Ob ihr die Nachbarin etwa? Nein – die doch nicht. Die kann ja nicht mal grüßen. Nur zu ihm ist sie freundlich, dabei kann er sie auch nicht leiden. Gedankenverloren stellt sie die Blumen ins Wasser. Doch wenn nicht die Nachbarin, wer dann? Sie schüttelt den Kopf. – Nein, er kommt doch übermorgen erst zurück.

Sie erschrickt. Hilfe! Die Rubbellose darf er nicht entdecken. Er würde sie sofort auslachen, weil sie sich wieder mal einen großen Gewinn erhofft hat.

Entschlossen schnappt sie den Korb und geht nach draußen. Eine Minute später sind alle ›Nieten‹ in der Papiertonne verschwunden. Sie fühlt sich besser ...

1

Eine Entscheidung

11. Oktober – Charlotte, von allen nur ›Lotte‹ genannt, sieht sich ein letztes Mal in ihrer kleinen Küche um. An einem weißen Keramik-Pott bleibt ihr Blick hängen. Sie streckt die Hand aus, denn der Name JULIAN springt ihr förmlich entgegen. Sie streicht mit den Fingern über die schwarzen Buchstaben. Kurz überlegt sie, den verwelkten Blumenstrauß herauszunehmen. Doch dann schaut sie zur Wanduhr und zuckt zusammen. Schon halb drei durch. In einer Stunde müsste Julian von seiner Reise zurück sein. Sie will ihm nicht begegnen – nie mehr will sie das! Zu sehr hat er sie verletzt.

Lotte hat eine Entscheidung getroffen. In Zukunft will sie nur an sich denken. Um sechzehn Uhr wird sie bereits im Zug nach Naumburg sitzen. Sie nimmt ihren grünen Blazer vom Garderobenhaken und zieht ihn über. Er passt wunderbar zu ihren beigefarbenen Jeans, die etwas eng geworden sind. Den Schlüssel in der linken und den Koffer samt Handtasche mit der rechten Hand fassend geht sie aus der Wohnung. Ohne sich noch einmal umzusehen zieht sie die Tür ins Schloss.

Bevor Lotte jedoch für immer dieses Haus verlässt, in dem sie zwei Jahre glücklich war, möchte sie noch nach der Post sehen. Sie setzt den Koffer ab und starrt auf das Namensschild ›Charlotte Dornbusch + Julian Bayer‹. Ein kurzes Zögern, dann murmelt sie: »Ach was soll's« und öffnet entschlossen den Briefkasten. Ein Papierstapel fällt ihr entgegen. Sie kann ihn gerade noch auffangen. Nur Werbung, denkt sie enttäuscht. Aber was hatte sie denn auch erwartet? Etwa den Liebesbrief einer eventuellen Freundin von Julian? Er doch nicht! Das dachte sie zumindest immer. Lottes Mund wird zu einem Strich. Sie weiß es inzwischen besser.

Mit Schwung entsorgt sie die Werbezettel in dem großen Schuhkarton, der für solche Zwecke hinter der Haustür steht. Ein gelber Brief rutscht heraus. Lotte bückt sich und steckt ihn achtlos in ihre Jackentasche. Dann verschließt sie den Briefkasten wieder und wirft den Schlüssel hinein. Den braucht sie nicht mehr.

Das Quietschen einer herannahenden Straßenbahn lässt Lotte aufhorchen. Sie schnappt sich ihr Gepäck und rennt Hals über Kopf zur Haustür hinaus. Mit wenigen Schritten erreicht sie die Haltestelle und kann in letzter Sekunde in die Bahn springen. Kaum drin fährt diese auch schon los. Lotte zieht es nach hinten und direkt auf den Schoß einer korpulenten Dame mit großem breitkrempigem Hut.

»Sachde, sachde«, flötet die Dame auf sächsisch und gibt der jungen Frau einen kleinen Schubs, sodass diese mit hochrotem Kopf knapp neben ihr landet. Jetzt kann Lotte unter der Hutkrempe ein rundes Gesicht mit roten wulstigen Lippen erkennen.

›Gruselig‹, durchfährt es sie, während sie versucht, wenigstens ein kleines Stück vom Sitzplatz zu ergattern. Lotte riskiert einen Seitenblick und denkt ›Die ist nicht nur breit, die macht sich auch noch breit‹. Steif und stumm bleibt Lotte die zwei Haltestellen bis zum Neustädter Bahnhof auf einer Pobacke sitzen. Endlich hält die Bahn. Lotte atmet auf.

Nichts wie raus hier, ist ihr einziger Gedanke.

Ängstlich blickt sie noch einmal zurück und ist froh, dass ihr die Dicke nicht folgt.

Lotte betritt die große Bahnhofshalle, stellt ihren Koffer neben sich ab und sieht sich um.

Bis zur Ankunft des Zuges bleibt ihr eine halbe Stunde. Mit einem Mal verspürt sie Heißhunger auf Schokolade, wie so oft in letzter Zeit. Dabei mochte sie früher nichts Süßes.

Sie nimmt ihr Gepäck und steuert die nächste Confiserie an. Lotte hat Glück. Der Laden ist leer. Nun hat sie die Qual der Wahl. Für welche Sorte soll sie sich bloß entscheiden? Die Verkäuferin rollt schon mit den Augen, denn hinter der unentschlossenen Kundin hat sich inzwischen eine Schlange gebildet. Letztendlich kauft Lotte eine Nuss-Nougat-Schokolade. Während sie der nächsten Kundin Platz macht, meint sie augenzwinkernd zur Verkäuferin: »Schokolade gilt ja als Nervennahrung.«

Und da Lottes Nerven zurzeit blank liegen, kann sie gar nicht genug von dem Zeug bekommen. Beim Verlassen der Confiserie verstaut sie die Tafel vorerst in ihrer Jackentasche. *Ich hätte gleich mehr davon kaufen sollen.* Unschlüssig bleibt sie stehen. An ihr hasten Reisende mit Rollkoffern, Rucksäcken und manche auch mit Kinderwagen vorbei.

Ein Mann rempelt sie an, ohne sich bei ihr zu entschuldigen. Solche Höflichkeitsfloskeln sind heute sowieso aus der Mode gekommen, geht es Lotte durch den Sinn.

Sie entdeckt eine leere Bank und steuert schnell darauf zu. Sie setzt sich. Ein erneuter Heißhunger überfällt sie. Sie will gerade in die Jackentasche fassen, als sie auf ein kleines blondlockiges Mädchen aufmerksam wird. Wo sind denn die Eltern? Lotte sieht sich verwundert um. Ein Kind so allein auf einem so großen Bahnhof? Wie schnell kann das zwischen den vielen Menschen verloren gehen. Doch da bemerkt sie eine ältere Dame in eleganter Kleidung, die im Sturmschritt angelaufen kommt. Es entbehrt nicht einer gewissen Komik, als die Dame, vermutlich die Großmutter, sich im Kreis dreht und wieder und wieder aufgeregt ruft: »Emma, Emma, du sollst doch nicht immer weglaufen!«

Bei ihrer nächsten Drehung steht das Kind plötzlich vor der Oma und sieht sie mit den unschuldigsten Augen der Welt an. Lotte muss schmunzeln, doch unwillkürlich wird ihr Blick wehmütig. Sie sieht noch einmal zu dem Kind hinüber, das jetzt folgsam neben seiner Großmutter herläuft. Dann streicht sich Lotte verträumt eine Haarsträhne aus der Stirn, und vor ihrem geistigen Auge erscheint der 19. August vor circa sieben Wochen ...

Die Sommersonne strahlte Lotte mitten ins Gesicht. Sie musste blinzeln. Deshalb zog sie die Gardine vor das Fenster. Sie mochte Sonnenschein, so war das nicht, aber zurzeit ging ihr ›Klärchen‹ mächtig auf den Geist. Eigentlich nervte sie alles. Nur warum? Das fragte sie sich immer wieder. Etwa, weil ihr morgens ständig übel war und sie sich das nicht erklären konnte? Auch war sie neuerdings nahe am Wasser gebaut. Bei jeder Kleinigkeit heulte sie los. Und heute hatte sie keinen Appetit. Sie bekam nicht einen einzigen Bissen herunter. Dabei hatte sich Julian solche Mühe mit dem Frühstück gegeben. Sogar Blumen hatte er besorgt. Sicher aus schlechtem Gewissen, vermutete Lotte, denn wie so oft in letzter Zeit musste sie alleine frühstücken. Bis zum nächsten Abend war Julian in Zürich auf Dienstreise. Missmutig stocherte Lotte mit dem Löffel in ihrem Müsli aus Haferflocken, Apfel und Joghurt herum. Da überkam sie ein plötzlicher Würgereiz. Sie rannte ins Bad, hielt ihren Kopf über das Klobecken, aber sie musste sich nicht übergeben. Zum Glück. Das kannte sie nämlich von einer Nachbarin, als die vor einem Jahr schwanger war. Allerdings kam bei ihr eine Schwangerschaft nicht in Betracht.

Lotte legt unwillkürlich eine Hand auf ihren Bauch, schaut zur Bahnhofsuhr und versinkt erneut in Erinnerungen …

Aber dass ihr jeden Morgen schlecht war, gefiel ihr ganz und gar nicht. Mit Julian brauchte sie darüber nicht zu reden. Der würde das als allgemeines Frauenleiden abtun. Das wiederum war so typisch für ihn. Nur wenn es ihm mal nicht gut ging, brach gleich die ganze Welt zusammen. Erst neulich hatte sich Julian beim morgendlichen Aufstehen seine kleine Zehe am Bettpfosten gestoßen. Es war nichts zu sehen, aber er humpelte den ganzen Tag. Deshalb sprach sie über gewisse Dinge lieber mit Karin, ihrer besten Freundin. Leider wohnte diese nicht gleich um die Ecke, sondern in Naumburg. Und jedes Mal von Dresden nach Naumburg fahren, das ging einfach nicht. Schon aus beruflichen Gründen. Also blieb nur das Telefon. Tja, und Karin meinte ohne

Umschweife: »Du bist schwanger!«

Lotte protestierte, denn sie war sich absolut sicher, nicht schwanger zu sein. Sie hatte doch immer die Pille genommen. Zuletzt hatte sie mit Julian vor ungefähr zwei Monaten geschlafen. Ihnen fehlte einfach die Zeit für Gemeinsamkeiten, erst recht für Sex. Julian war von Berufswegen ständig unterwegs, mal in China, mal in Marokko. Er arbeitete in der Computerbranche. Ja, und Lotte war als Journalistin auch tüchtig eingespannt. Und trotzdem – unmöglich wäre es nicht. Genau zu dem Zeitpunkt hatte sie nämlich eine Magenverstimmung. Vielleicht hatte das die Wirkung der Pille außer Kraft gesetzt? Man hörte ja immer von solchen Fällen, und Karin vermutete genau das. Sie fragte auch gleich: »Hast du deine Regel schon?« – »Ja«, hatte Lotte spontan geantwortet. Und das stimmte zu dem Zeitpunkt auch.

Schwanger durfte sie einfach nicht sein! Julian wollte keine Kinder. Sie dagegen schon ... wieder rannte Lotte ins Bad und beugte sich über das Klo. Und wieder blieb es nur beim Würgereiz. Erschöpft stützte sie sich mit beiden Händen auf das Waschbecken und betrachtete ihr Spiegelbild. Sah sie wirklich blass aus, oder kam es ihr nur so vor? Zum Glück war Samstag. Sie musste nicht arbeiten. Apropos Samstag? Lotte zog die Stirn in Falten. Was wollte Julian überhaupt übers Wochenende in Zürich? Voriges Wochenende war er in Wien. Muss ich mir Gedanken machen, fragte sich die junge Frau mit einem Mal. Da klingelte ihr Handy. Lotte schaute auf das Display – ›wenn man vom Teufel spricht‹, dachte sie und drückte auf annehmen.

»Hallo Schatz, hat dir mein Frühstück geschmeckt«, säuselte Julian in den Hörer. »Ich komme schon heute Nacht zurück. Du musst aber nicht aufbleiben, mein Liebling. Also bis später.« Schon hatte er aufgelegt.

Lotte schaute etwas perplex auf das Telefon und fragte sich, warum er das Gespräch so schnell beendet hatte. Ihr war nämlich so, als hätte sie im Hintergrund eine Frauenstimme gehört.

»Vielleicht spielt mir auch meine Phantasie einen Streich«, sagte Lotte leise und räumte ihr Essen in den Kühlschrank. Nur von einem Stück trocknem Brot biss sie ab. Das hatte ihr früher schon bei Übelkeit geholfen …

Lotte zuckt zusammen. Sie hebt den Kopf und horcht angespannt, vernimmt aber nur noch: »…tung, Achtung, eine Durchsage …« Der Rest geht im Krach der Bahnhofshalle unter.

Deshalb schaut sie rüber zur großen Anzeigetafel, auf der der Zug nach Naumburg ebenfalls angekündigt wird. Hurtig schnappt sie ihr Gepäck und begibt sich zum Gleis 5. Da fährt der Zug auch schon ein. Lotte wartet geduldig, bis einer der Wagen genau mit der Tür vor ihr stehen bleibt. Diese öffnet sich und viele Reisende steigen aus. Auch eine Menge Kinder sind darunter. Dabei ist es mitten in der Woche. Allerdings sind Herbstferien. Daran hätte Lotte beim Kauf der Fahrkarte denken sollen. Nun hat sie den Salat. Sie steigt ein, geht gleich nach rechts in das Abteil und schaut sich nach einem Sitzplatz um. An ihr drängeln andere Fahrgäste vorbei. Sie bleibt stur stehen und hat Glück, denn genau vor ihrer Nase ist ein freier Platz. Hierfür braucht sie nicht mal eine Platzkarte. Lotte jubelt innerlich, als sie sich am Fenster niederlässt. Und schon setzt sich der Zug in Bewegung. Sogleich meldet sich ihr Appetit auf Süßes zurück. Mechanisch geht ihre Hand in die Jackentasche. Doch statt der Schokolade zieht sie einen gelben Umschlag heraus.

Lotte stutzt, dreht den Brief hin und her und dann fällt es ihr ein. Der war doch im Briefkasten, zwischen der Werbung? Ein merkwürdiges Gefühl beschleicht sie beim Betrachten des Umschlages. Kein Absender. Was soll ich tun? Lesen oder wegwerfen? Lotte schüttelt den Kopf, greift aber automatisch zum Abfallbehälter und öffnet den Deckel einen Spalt breit.

Schließlich überwiegt ihre Neugierde. Sie sieht sich den Brief genauer an und versucht, die sehr kleine Schrift in der oberen rechten Ecke zu entziffern – an *den* Gewinner, oder heißt es an *die* Gewinner? Lotte kann sich noch so große Mühe geben, die Schrift ist einfach zu klein.

Jetzt hält sie sich die winzige Zeile dicht vors Gesicht. Auch das nutzt nichts. Also doch wegwerfen, denkt sie missmutig. Wenn sie nur nicht so neugierig wäre. Lotte seufzt. Sie kneift die Augen zusammen und probiert es noch einmal, denn aller guten Dinge sind drei. Resigniert muss sie feststellen, dass Julian recht hat. Wie oft hatte sie in letzter Zeit von ihm den Satz gehört: »Schatz, du brauchst eine Brille!« Lotte macht eine wegwerfende Handbewegung, als würde Julian vor ihr sitzen – pah, Brille, ich doch nicht.

Sie konzentriert sich erneut auf den Brief. Was zum Teufel

bedeutet das Wort **Gewinner?** Sie ist sich ziemlich sicher, bei keinem Gewinnspiel mitgemacht zu haben. Oder etwa doch? Lotte wiegt ihren Kopf nachdenklich hin und her, dann schüttelt sie ihn. Nein! Natürlich nicht!

Inzwischen hält der Zug in Leipzig. Das Abteil leert sich. Es steigen neue Fahrgäste zu, die Lotte nicht weiter beachtet. Der Brief ist viel interessanter. Vorsichtig öffnet sie jetzt das Kuvert und riskiert einen Blick hinein. Mit spitzen Fingern zieht sie einen Zettel heraus.

Sie staunt nicht schlecht, was in Blockschrift darauf geschrieben steht:

DER EMPFÄNGER DIESES BRIEFES HAT DAS GLÜCK GEWONNEN.

ER MUSS ES NUR SEHEN. ES LAUERT ÜBERALL.

EINZIGE BEDINGUNG: AUGEN AUF!

Scherzkeks, denkt Lotte. Augen auf – so ein Blödsinn. Als ob ich mit geschlossenen Augen durch die Welt laufen würde. Sie dreht den Zettel um, doch auf der Rückseite steht nichts. Entschlossen fasst sie ein zweites Mal in den Umschlag … und, siehe da, es ist noch eine Karte dabei.

Auf der Vorderseite befindet sich ein vierblättriges Kleeblatt, die Rückseite ist leer … nein, nicht ganz. ›FÜR NOTIZEN‹ erkennt sie ganz oben in der linken Ecke – ist ja auch groß genug geschrieben.

»Pffft! Das ist ja wirklich ein Scherzkeks«, schimpft Lotte vor sich hin und steckt verärgert Zettel und Karte in den Umschlag zurück, den sie dann energisch in den übervollen Abfallbehälter stopft.

Mit einem zufriedenen Lächeln schaut sie aus dem Fenster, an dem Wald, Wiesen und Felder nur so vorbeifliegen. Sie lehnt sich zurück und genießt mit geschlossenen Augen die schnelle Bahnfahrt. Lotte ist froh, keinen Führerschein gemacht zu haben, so wie ihre Freundin. Denn Karin liebt es, mit ihrem Auto über die Straßen zu flitzen. Lotte muss unwillkürlich schmunzeln. – Mit einem Mal fühlt sie sich beobachtet. Misstrauisch sieht sie ihr Gegenüber an. Doch der junge Mann scheint in sein Buch vertieft zu sein, und ein älteres Pärchen auf der anderen Seite des Abteils hält sich verliebt an den Händen. So verliebt möchte ich im Alter auch noch sein. Ihr fällt Julian ein. Verstohlen wischt Lotte eine Träne von ihrer Wange. Eine Durchsage unterbricht ihre traurigen Gedanken. »Achtung, Achtung – wir nähern uns der Saalestadt Naumburg. Wir möchten uns von allen Fahrgästen, die hier aussteigen, verabschieden. Sie haben Anschluss zu …«

Lotte hört nicht weiter hin, sondern macht sich fertig zum Aussteigen. Der Zug fährt pünktlich um achtzehn Uhr dreißig auf dem Hauptbahnhof ein und hält mit laut quietschenden Bremsen an.

Lotte betätigt den grünen Öffnungsknopf neben der Tür und verlässt als erste den Wagen.

Nach ein paar Schritten bleibt sie stehen. Sie schaut sich suchend um. Menschen hasten rechts und links an ihr vorbei. Einige rempeln sie an. Daran gewöhnt sie sich allmählig. Ein Mann schimpft, weil er sich mit seinem riesigen Koffer an ihr vorbeidrängeln muss. Lotte ist das egal, sie steht wie ein

Fels in der Brandung. Ihre Freundin wollte sie doch abholen? Wo bleibt sie nur? Lotte stellt sich auf die Zehenspitzen, kann Karin aber in der Menschenmenge nicht entdecken.

Da vernimmt sie dicht hinter sich eine Männerstimme. »Junge Frau, haben Sie nicht etwas vergessen?« Sie will sich gerade umdrehen, als sie Karin sieht, die ihr fröhlich zuwinkt. Na endlich! Lotte eilt ihrer Freundin entgegen.

Karin wirft noch einen flüchtigen Blick in den Außenspiegel ihres Fiats, bevor sie den Blinker setzt und aus der viel zu engen Parklücke fährt. Fast hätte sie den vor ihr geparkten weißen Renault gerammt, aber nur fast. »Muss sich dieser Idiot so dicht vor mich stellen?«

Lotte, die die rasante Fahrweise ihrer Freundin kennt, fragt schmunzelnd: »Wie kommst du darauf, dass es ein Idiot war? Könnte doch auch eine Idiotin gewesen sein?«

Karin sieht sie mit blitzenden Augen an, während sie ihren verbeulten Fiat durch die Dunkelheit lenkt. »Weil ich diesen Fahrer kenne, deshalb! Und, als ich heute Morgen mein Auto hier abstellte, war vor mir noch alles frei.«

Lotte nickt nur und schaut grinsend aus dem Fenster. Sie fahren bereits an der Stadtbibliothek vorbei, in der Karin gleich nach ihrem Studium eine Stelle als Bibliothekarin bekommen hatte. Für sie als Leseratte der Traumberuf.

»Warum brennt noch Licht in eurer Bibliothek?«, fragt Lotte erstaunt.

»Das ist die Reinigungsfirma«, bekommt sie zur Antwort.

»Aha«, macht Lotte nur und schaut weiter zum Fenster raus.

Karin, die ihr Fahrzeug durch die belebten Straßen Naumburgs lenkt und das immer noch im gewaltigen Tempo, überlegt, was sie ihrer Freundin zu Essen anbieten könnte.

Sie hat zwar eingekauft, aber ...

»Willst du Punkte für Flensburg sammeln?«, unterbricht Lotte die Gedanken ihrer Freundin.

»Davon hab ich schon einige«, gibt Karin gelassen zurück, doch plötzlich fragt sie: »Hast du Hunger Süße, wollen wir bei ›Bauers Stuben‹ anhalten?«

Sie wird langsamer.

»Oder hältst du es bis zu mir nach Hause aus? Ich schiebe uns gerne eine Pizza in den Ofen.«

»Pizza klingt gut. So wie in alten Zeiten«, antwortet Lotte kichernd, »dann aber eine Pizza-Hawaii mit ganz viel Ananas.«

»Seit wann liebst du es süß, aber schon okay.«

Karin gibt wieder Gas.

Fünf Minuten später stellt sie ihr Auto in der Jägerstraße ab. Hier wohnt sie in einem alten Mehrfamilienhaus. Karin nimmt Lottes Gepäck aus dem Kofferraum und reicht es ihr. Dann schließt sie das Fahrzeug ab, um mit einer großen Papiertüte im Arm die Straße zu überqueren.

Sie betritt vor Lotte den Altbau, in dem sie im Parterre eine kleine Zweizimmerwohnung hat. Kaum drin, stellt Karin die Tüte mit den frischen Lebensmitteln auf den Küchentisch. Als nächstes schaltet sie das Radio an. »Ohne Musik geht nichts bei mir, aber das weißt du ja«, sagt sie lachend zu Lotte, die mit dem rechten Fuß die Wohnungstür schließt und ihr Gepäck in der Ecke dahinter abstellt. »Ich weiß, vor allem zum Kochen brauchst du Musik«, bestätigt Lotte, während sie im Bad verschwindet.

Zwanzig Minuten später sitzen die Freundinnen Pizza kauend auf dem Sofa und Lotte erzählt unter Tränen, warum sie Julian niemals wiedersehen will. Dabei war er doch mal ihre große Liebe. Jedenfalls dachte sie das. Bis, ja, bis er sie mit seiner Sekretärin betrogen hat, wenn er es auch bis heute abstreitet. Lotte erzählt und erzählt. Auch von dem mysteriösen Brief berichtet sie. Karin hört ihrer Freundin zu, ohne sie zu unterbrechen. Sie ist schon immer eine gute und geduldige Zuhörerin gewesen, was man von Lotte nicht behaupten kann. Vielleicht verstehen sie sich gerade deshalb so gut.

Nach einer halben Stunde Heulattacke liegt ein Berg zerknüllter Tempotaschentücher neben Lotte auf der Couch. Sie lehnt ihren Kopf an Karins Schulter und schluchzt herzzerreißend. Da klingelt es an der Wohnungstür.

♥

Als Fabian seinen Renault startet, sieht er gerade noch die Rücklichter des davonbrausenden Fiats. Während er diesem folgt, muss er unwillkürlich an die junge Frau aus dem Zug denken. Er könnte schwören, sie schon mal gesehen zu haben. Aber wo? Kurz vor der Kreuzung schaltet die Ampel auf Rot. »Mist! Jetzt habe ich sie verloren«, murmelt Fabian. Er schielt zu dem gelben Brief auf dem Beifahrersitz.

Weshalb hat sie ihn in den Abfall gesteckt, wundert er sich, als es Grün wird. Er braucht noch hundert Meter, dann kann er nach links in die Jägerstraße einbiegen. Die Frau aus dem Zug beschäftigt ihn noch immer. Sie muss ihn doch gehört haben. Er hat doch laut genug gerufen. Mit einem Mal war sie wie vom Erdboden verschluckt, denkt Fabian kopfschüttelnd. In dem Moment sieht er den roten Fiat von Karin. Er stellt sich dicht dahinter, macht den Motor aus und kann ein breites Grinsen nicht unterdrücken.

Schnell steigt er aus, drückt auf die Automatik seines Schlüssels und sieht sich suchend um. Aber nirgends eine Spur von der Fahrerin. War er wirklich so langsam? Schulterzuckend dreht er sich um und läuft mit großen Schritten zu seinem Haus. Bevor er die Haustür aufschließt, wendet er sich noch einmal um und bemerkt, wie im gegenüberliegenden Gebäude hinter einem Fenster das Licht angeht. Fabian erinnert sich, dass er von seinem Wohnzimmer aus direkt in die Küche dieser Karin blicken kann. Jetzt hat er es ganz eilig, in seine Wohnung zu gelangen. Vom hellerleuchteten Treppenhaus geht er, ohne Licht zu machen, ins Wohnzimmer und stellt sich ans Fenster. Es dauert etwas, bis sich seine Augen an die Dunkelheit gewöhnt haben.

Da – nun sieht er sie, wie sie am Tisch hantiert. Er stutzt. Sein Gesicht hellt sich auf, denn neben Karin steht eine junge Frau … ist das nicht die aus dem Zug? Genau – jetzt erkennt er sie, das ist … nein, unmöglich. Fabian kaut auf seiner Unterlippe, dann schlägt er sich mit der Hand an die Stirn – na klar, Charlotte, die Charlotte, die schuld an allem ist. Schuld, dass er die Schule abgebrochen hat, schuld, dass sich seine Eltern scheiden ließen, schuld, dass Karin ihn nicht wollte – einfach schuld an seinem verkorksten Leben. Fabian dreht sich weg vom Fenster. In ihm steigt alte, längst verdrängte Wut auf. Er beginnt zu zittern, als die Erinnerung immer präsenter wird.

Denn nicht nur Karin ging mit ihm in die gleiche Schule, sondern auch Charlotte.

Alle drei besuchten sie vor zehn Jahren das Gymnasium in Dresden und befanden sich kurz vor den Abiturprüfungen. Warum hatte er sich ausgerechnet in Karin verliebt? Das fragte sich Fabian danach immer wieder. Dabei gab es hübschere Mädchen. Doch bei allen, ob hübsch oder hässlich, hatte er kein Glück. Alle hänselten ihn. Und daran musste ja jemand schuld sein … er war sich jedenfalls keiner Schuld bewusst.

Er schaut noch einmal hinüber … verdammt, sie sind weg … aber noch brennt Licht. Ihm fällt der Brief wieder ein, und im nächsten Moment läuft er aus der Wohnung.

♥

Beim ersten Klingelton sehen sich die beiden Frauen erstaunt an. Dann klingelt es ein zweites Mal.

»Wer kann das sein?«, fragt Karin und will aufstehen.

»Nicht«, flüstert Lotte. Sie hält ihre Freundin am Arm fest. Karin setzt sich wieder, wobei sie Lotte irritiert betrachtet. Da klingelt es erneut.

Lotte legt den Zeigefinger auf ihren Mund und schüttelt den Kopf. Karin hat verstanden. Sie schleicht zur Tür, schaut durch den Spion und weicht zurück. Dann dreht sie sich um und flüstert: »Das ist nicht Julian.«

Lotte sieht Karin mit aufgerissenen Augen an.

»Das ist Fabian.«

»Welcher Fabian?«

»Na *der* Fabian – weißt du nicht mehr? Der Picklige aus der Parallelklasse, na ... also wirklich!« Karin rollt mit den Augen. Sie löscht das Licht und setzt sich wieder neben Lotte. Diese lehnt sich an Karins Schulter, runzelt die Stirn und versucht vergeblich, sich an diesen Fabian zu erinnern. Es will ihr nicht gelingen. – Mit einem Mal setzt sie sich aufrecht hin und flüstert: »Meinst du den Fabian, den wir immer so veräppelt haben, weil er in eine von uns verliebt war? – In welche eigentlich?«

»Keine Ahnung«, antwortet Karin. »Vielleicht wusste er das selber nicht so genau.« Plötzlich lacht sie los und hält sich im nächsten Moment erschrocken die Hand vor den Mund. »Warte«, wispert sie, erhebt sich und schleicht wieder zur Tür. Leise öffnet sie diese, schaut vorsichtig hinaus und sagt erleichtert: »Er ist weg.«

Noch im Dunkeln begibt sie sich zum Fenster. In dem Augenblick geht im gegenüberliegenden Haus das Licht an. Rasch zieht Karin die Gardine zu und tastet sich erneut zum Lichtschalter vor. Kaum hat sie Licht gemacht, schreit Lotte entsetzt auf und zeigt mit ihrer Hand zur Tür.

»Was ist los?« Karin sieht ihre Freundin verständnislos an.

Die jedoch hat sich ängstlich in die äußerste Sofaecke ver-
krochen und zeigt weiterhin in Richtung Tür. Weil Karin
noch immer nicht reagiert, ruft Lotte völlig aufgelöst: »Na
dort, siehst du nicht das Gelbe dort liegen!«

Karins Blick folgt Lottes ausgestrecktem Arm. Sie bückt sich
und fragt, den Brief hochhaltend: »Ist es das, was ich vermute?«

Lotte nickt. Sie wirkt wie erstarrt. Und kaum hat ihr Karin
den Brief überreicht, lässt sie ihn sofort fallen, als hätte sie
sich daran verbrannt.

»Wie kommt dieser Brief hierher? Ich hatte ihn doch wegge-
worfen – das verstehe ich nicht!«

Karin, die sich wieder zu Lotte gesetzt hat, sagt mit ernster
Stimme: »Ich vielleicht schon!«

Lottes Kopf schnellt herum. »Wie meinst du das?«

»Ich sage nur FABIAN.«

»Fabian? – Was hast du nur mit diesem Fabian? – Du glaubst
allen Ernstes, der junge Mann in meinem Abteil könnte Fabian gewesen sein? Wie kommst du darauf?«

»Na überlege mal. Wie sollte dein Brief hierhergekommen
sein, den du ja in den Abfall gesteckt hattest? Nur dieser
junge Mann, der dir gegenübersaß, konnte das beobachtet
haben.«

Lotte sieht Karin einen Moment schweigend an.

Dann sagt sie: »Das klingt zwar logisch … trotzdem!« Kopfschüttelnd fragt sie skeptisch: »Wieso bist du dir so sicher,
dass der junge Mann in meinem Abteil Fabian war?«

»Ich sage nur ›Weißer Renault‹.«

»Weißer Ren…?« Lotte starrt Karin an. »Nein, das glaube ich nicht. Er war doch kurz vorm Abi verschwunden, hm, zehn Jahre ist das jetzt her.«

»Ich weiß«, bestätigt Karin. »Warum er allerdings von einem Tag zum anderen weg war, ist mir bis heute ein Rätsel. Laut Gerücht sollen sich auch seine Eltern getrennt haben. Jedenfalls wohnten eines Tages fremde Leute in dem Haus. Aber egal. Er tauchte vor circa vier Monaten bei mir in der Bibliothek auf. Wenn er mich nicht angesprochen hätte – er suchte ein Medizinisches Lexikon – wäre er mir gar nicht aufgefallen. Erkannt habe ich ihn nur an seiner Zahnlücke zwischen den oberen Schneidezähnen. War mir aber nicht ganz sicher.«

»Ich erinnere mich – wegen dieser Zahnlücke wurde er auch immer aufgezogen, und nicht nur von uns«, kichert Lotte.

»Und vor einem Monat ist er in das Mietshaus gegenüber eingezogen. Darum nehme ich an, dass er mich in der Bibliothek erkannt hatte – genau Lotte – vielleicht war sein Auftauchen dort auch gar nicht zufällig? Seit er nämlich hier wohnt, fühle ich mich irgendwie beobachtet … und dass er sich oft mit seinem Auto dicht hinter meins stellt, ärger…«

»Na ja, heute stand er ja vor deinem verbeulten Fiat«, unterbricht Lotte den Redeschwall ihrer Freundin.

»Keine abfälligen Bemerkungen über mein schönes Auto!« Karin droht ihr mit erhobenem Zeigefinger.

»Aber mal im Ernst, meine Liebe, der Mann im Zug kann nur Fabian gewesen sein.«

Lotte sieht ihre Freundin grübelnd an. – »Jetzt, wo du das

sagst und ich so richtig drüber nachdenke – er könnte es tatsächlich gewesen sein.«

Karin nickt heftig. »Genau Süße, nur so wird ein Schuh draus.«

»Vielleicht war er in Leipzig zugestiegen? Ich war so mit dem Brief beschäftigt, dass es mir nicht weiter auffiel …«

»Möglich«, pflichtet ihr Karin bei. Dann sieht sie ihre Freundin nachdenklich an und meint: »Warum er allerdings deinen Brief aus dem Müll genommen … igitt … und ihn ausgerechnet hierhergebracht hat, das ist mir noch schleierhaft. Aber ich werde es rausbekommen, verlass dich drauf.«

Sie nimmt den Brief vom Sofa und legt ihn auf den Schrank rüber.

»Mir ist schlecht«, ruft Lotte plötzlich und stürzt ins Bad.

Gleich darauf hockt Karin mit einer Küchenrolle bewaffnet neben der Freundin, die ihren Kopf über das Klobecken hält.

»Deine Schwangerschaft habe ich völlig vergessen, Liebes«, flüstert Karin und streicht sanft über Lottes Rücken. Dann reißt sie ein paar Blätter von der Rolle ab und reicht sie Lotte, die sich sogleich den Mund damit säubert.

»Danke, ist wieder gut«, haucht sie nur und sieht Karin mit schiefem Lächeln an.

Die streichelt liebevoll Lottes Wange und erhebt sich.

»Hast du überhaupt schon einen Test gemacht?«, fragt sie unvermittelt und hilft ihrer Freundin auf.

»Habe ich.« Lotte folgt Karin in die Küche. »Warte, ich zeige dir meinen Schwangerschaftspass.«

Doch Karin sieht auf die Uhr und sagt: »Jetzt nicht Lotte, es ist schon spät und Zeit, schlafen zu gehen. Ab morgen habe ich frei und kann auch die ganze nächste Woche Urlaub machen, wenn du magst. Mit dem Brief«, sie macht eine leichte Kopfbewegung in Richtung Schrank, »beschäftigen wir uns morgen, und wie es mit dir, Julian und dem Baby weitergehen soll, auch.«

Lotte will was entgegnen, lässt es aber. Schließlich nickt sie nur müde.

Karin, für die das Thema erst einmal erledigt ist, funktioniert ruckzuck das Sofa zu einem Bett um, auf dem beide Frauen bequem Platz haben. Kaum haben sie sich hingelegt, ist Karin auch schon in einen tiefen Schlaf gesunken.

Obwohl Lotte im Stehen hätte einschlafen können, bleibt sie stundenlang wach. Der kleine ›Wurm‹ in ihrem Bauch bereitet ihr Kopfzerbrechen. Wie soll sie das nur Julian beibringen? Auch wenn sie ihn nicht mehr sehen will, aber es ist doch auch sein Kind? Was soll ich nur tun, sind ihre letzten Gedanken, bevor sie in einen unruhigen Schlaf fällt.

Am nächsten Morgen wacht Lotte noch vor Karin auf. Leise erhebt sie sich und schleicht ins Bad. Um ihre Freundin nicht zu wecken, entscheidet sie sich für eine ›Katzenwäsche‹ am Waschbecken. Noch nackt schiebt sie die restliche Pizza in den Ofen und befüllt die Kaffeemaschine. Während diese vor sich hin blubbert, kleidet sich Lotte an. Sie deckt den Tisch und wirft einen Blick zu Karin rüber. Sie schläft noch. Inzwischen ist es neun Uhr. Lotte zieht die Gardine zurück und schaut kurz zu dem Haus hinüber, in dem dieser Fabian wohnen soll. Dort drüben rührt sich aber nichts.

Dafür vorm Haus ihrer Freundin. Das Rumpeln des Müllautos reißt Karin schließlich aus dem Schlaf. »Ruhe!«, schimpft sie und wirft sich auf die andere Seite.

Lotte lacht. »Weißt du eigentlich, wie spät es ist?«

»Mitten in der Nacht«, tönt es mürrisch aus dem Bett. Gleich darauf quält sich Karin unter der Decke hervor. Sie bleibt einen Moment auf dem Bettrand sitzen, sieht sich um und erhebt sich in Zeitlupe. Mit einem brummigen »Guten Morgen« nimmt sie gleich im Schlafanzug und mit völlig zerzausten Haaren am Tisch Platz. Lotte, die ihre Freundin die ganze Zeit beobachtet hat, muss schmunzeln.

Während Karin von jeher zu den Morgenmuffeln zählt, ist Lotte eher der ›Frühe Vogel‹.

Karin schnappt sich ein Stück Pizza, beißt hinein und nuschelt: »Ich hätte uns doch frische Brötchen geholt.«

»Jaja, du Schlafmütze, das würde ich jetzt auch behaupten«, entgegnet Lotte lachend und füllt Karins Kaffeetasse.

»Danke.« Karin, trinkt einen Schluck und beißt genüsslich ein großes Stück von ihrer Pizza ab. Kauend betrachtet sie Lotte und denkt: ›Gott sei Dank, sie lacht wieder‹.

Deshalb wagt sie es auch, Lotte ein bisschen zu necken. »Du hättest mich ja wecken können, dann hätte ich wirklich Brötchen geholt, aber nein, das überlässt du lieber dem blöden Müllauto.«

»Waaas? Das Müllauto hätte doch keine Brötchen geholt«, entgegnet Lotte mit funkelnden Augen. Sie wirft die Serviette nach ihrer Freundin.

»Ich weiß, ich weiß!« Karin hebt beide Hände. »Aber das meinte ich ja auch nicht.«

»So, was meintest du dann?«

»Ich meinte, dass mich das Müllauto geweckt hat, hihihi.« Zwischen den Freundinnen entspinnt sich ein fröhlicher Schlagabtausch, wie sie ihn schon in der Schulzeit liebten. Mitten in diese gute Laune hinein ruft Lotte: »Mir ist schlecht!« Und ehe sich Karin versieht, stürzt Lotte ins Bad, sodass ihr nichts anderes übrigbleibt, als der Freundin mit der Küchenrolle zu folgen. Das Prozedere vom Vortag wiederholt sich und sicher nicht zum letzten Mal.

2
Ein Schock

Julian schließt die Haustür auf, stellt seinen Koffer ab und öffnet automatisch den Briefkasten. Auch wenn er nicht sicher ist, dass seine Freundin nach der Post geschaut hat, will er doch wissen, ob ... Julian stutzt, als er nur Lottes Schlüsselbund entdeckt. Schockiert fragt er sich: ›Was hat das zu bedeuten?‹

Er nimmt den Schlüssel an sich und rennt die drei Stufen bis zur Wohnungstür hinauf, öffnet diese und bleibt wie erstarrt auf der Schwelle stehen. »Lotte«, ruft er. Weil er keine Antwort erhält, geht er ins Schlafzimmer, aber auch hier ist sie nicht. Resigniert setzt sich Julian auf das Bett. »Lotte, wo bist du?«, murmelt er enttäuscht und lässt sich rücklings fallen.

»Herr Bayer? Herr Bayer wo sind Sie? Herr Bayer ... ach, hier, ich habe Ihren Koffer, der stand noch unten ...«

»Was ist los?«, fragt Julian und setzt sich auf. Sein Blick wirkt abwesend, als er sich seiner Nachbarin zuwendet.

»Frau Dietrich, Sie müssen doch nicht meinen schweren Koffer schleppen.«

Sie lässt den Koffer sofort los, macht eine Kehrtwende und hat bereits die Tür erreicht, als Julian fragt: »Sagen Sie bitte, Frau Dietrich, haben Sie meine Freundin gesehen?«

Ruckartig bleibt die Frau stehen. Ohne sich umzudrehen, antwortet sie: »Ja, habe ich. Sie fuhr heute kurz vor fünfzehn Uhr mit der Straßenbahn weg. Ich dachte zuerst, Sie würden beide verreisen, weil sie einen Koffer dabeihatte, aber«, jetzt schaut sie sich doch um und direkt in Julians Augen, »das scheint ja nun nicht der Fall zu sein?«

Diese Augen – ein Schauer durchfährt die alte Frau.

»Danke für die Auskunft – auch dafür«, Julian zeigt auf den Koffer. »Und nun will ich Ihre kostbare Zeit nicht weiter in Anspruch nehmen.«

»Schon in Ordnung, Herr Bayer«, nuschelt Frau Dietrich und hat es plötzlich ganz eilig.

Julian, froh über den schnellen Abgang der neugierigen Nachbarin, steigt über seinen Koffer hinweg, geht zum Kühlschrank und öffnet ihn. Leer, ist sein erster Gedanke. Vielleicht ist Lotte auch einkaufen, ist sein zweiter Gedanke. Aber nicht mit Koffer, sein dritter.

Julian will den Kühlschrank wieder schließen, besinnt sich aber und holt die einzige Flasche Milch heraus. Er nimmt einen kräftigen Schluck. Milch hat er schon als Kind getrunken, wenn er Kummer hatte oder einfach nicht weiterwusste, so wie jetzt. Er erinnert sich, dass seine Mutter es gar nicht gerne sah, wenn er aus der Flasche trank.

Auch Lotte schimpft jedes Mal. Doch Lotte ist nicht hier. Rasch stellt er die Flasche zurück in den Kühlschrank.

›Lotte wo bist du?‹, fragt sich Julian, obwohl er es sich denken kann. Kurzentschlossen setzt er sich an den Schreibtisch, den er gemeinsam mit seiner Freundin nutzt. Er zieht die oberste Schublade auf. Hier hat Lotte immer ihren Kalender mit sämtlichen Adressen. Den scheint sie mitgenommen zu haben. Julian versucht es noch einmal, greift ganz nach hinten … immer noch nichts … enttäuscht will er den

Kasten zuschieben, als er etwas spürt … und schon nimmt Julian einen Zettel heraus, auf dem einige Adressen stehen.

»Bingo!«

Ganz oben liest er nur zwei Worte: ›Wichtige Adressen‹.

»Nun wird's interessant«, murmelt er, und siehe da, hier hat er, was er sucht. Sogar mit Telefonnummer.

Besetzt. »Hmm, dann probiere ich es später noch einmal.«

Julian blickt zu seinem Koffer – ob er ihn gleich auspacken soll? Er schüttelt den Kopf. Der läuft ihm nicht weg. Außerdem verspürt er Hunger. Im Kühlschrank ist, abgesehen von der Flasche Milch, nur gähnende Leere.

Er überlegt: extra einkaufen gehen oder lieber die ›Suppenbar‹ bei Toni? Julian liebt Suppen, und er versteht sich darauf, die köstlichsten Suppen selber zu kreieren. Doch jetzt fehlt ihm die Zeit, na ja, auch die Zutaten – und die Lust.

HUNGER – rebelliert sein Magen – HUNGER!

Zehn Minuten später sitzt Julian nebenan in der Suppenbar mit einer Schüssel dampfender Spargelcremesuppe vor sich. Dazu genießt er Tonis selbstgebackenes Brot. Niemand in der Gegend kann das so gut wie er. Julian hätte sich die Suppe mit in seine Wohnung nehmen können, aber hier hat er Gesellschaft. Ihm fällt Lotte wieder ein und dass er sie anrufen will. Mechanisch greift er in die Gesäßtasche … na toll, das Handy hängt zu Haus am Ladegerät.

Toni, mit dem Julian seit der Schulzeit befreundet ist, kommt an seinen Tisch. »Na mein Freund, so allein heute? Wo hast du Lotte gelassen?«

Julian winkt ab. »Frag lieber nicht – oder frage lieber, wo sie mich gelassen hat, bzw., ob sie mich verlassen hat.«

»Verlassen? Spinnst du? Wie kommst du auf solch einen Schwachsinn, hä?«

»Hast du fünf Minuten, Toni? Ja? Gut, dann setz dich und höre zu. – Also, ich kam heute um 16 Uhr von meiner Dienstreise zurück. Ich war ein paar Tage in der Schweiz, und ich freute mich, meine Lotte endlich wieder in die Arme schließen zu können.«

»Verstehe, und? – Julian – ist das alles?« Toni sieht seinen Kumpel mit hochgezogenen Augenbrauen an. Doch der starrt weiterhin stumm vor sich hin.

»Nein, natürlich nicht«, antwortet Julian schließlich. Er berichtet von Lottes Schlüssel im Briefkasten und was ihm seine Nachbarin erzählt hatte.

»Hmm«, macht Toni und krault sich nachdenklich den Nacken. Dann fragt er unvermittelt: »Hast du eine Ahnung, wo Lotte sein könnte?«

»Ich vermute sie bei ihrer besten Freundin in Naumburg.«

»Da sitzt du noch hier? Nichts wie hin, mein Freund. Worauf wartest du?«

Julian wiegt seinen Kopf hin und her. »Ich weiß nicht. Diese Karin kenne ich kaum. Hab mich immer davor gedrückt, ihr zu begegnen.«

»Warum das denn«, blafft ihn Toni ärgerlich an. »Ein Mann muss doch die beste Freundin seiner Liebsten kennen! Wie lange seid ihr jetzt zusammen – zwei Jahre? Wenn man dich so hört, könnte man denken, ihr wärt erst zwei Monate zusammen, pffft!«

»Du hast ja recht«, gibt Julian kleinlaut zu. »Ich kann mir fast denken, warum sie weg ist.«

»Warum?« Toni, der sich bereits zum Gehen angeschickt hatte, denn ein Gast will bezahlen, setzt sich wieder und schaut seinen Freund neugierig an.

»Lotte will Kinder«, nuschelt Julian mit vollem Mund. Die Suppe schiebt er weg, die ist inzwischen kalt. Aber das Brot ist zu köstlich. Julian beißt gleich noch mal ab.

»Klar will sie Kinder, alle Frauen wollen das – und du?« Toni zieht die Augenbrauen hoch.

Julian kaut und schluckt runter. »Ich nicht«, kommt es zögerlich.

»Was soll das heißen, DU nicht – du wolltest immer Kinder – hast du etwa eine andere Frau?« Toni blickt Julian entsetzt an.

»Nein, nein!«, ruft Julian aufgebracht, »es hat einen anderen Grund … ach Toni, wie bringe ich das bloß Lotte bei?«

Toni versteht nur ›Bahnhof‹. Er legt Julian seine Hand auf den Arm. Beruhigend redet er auf ihn ein. »Es gibt immer einen Weg. Komm erst mal runter, und dann erzählst du mir, warum du keine Kinder haben willst. Du weißt, ich bin dein Freund, und mir kannst du alles sagen.«

»Ich weiß, aber wo soll ich anfangen?«

»Am Anfang, würde ich vorschlagen!«

Toni grinst und lehnt sich entspannt zurück. Er winkt einen Kollegen heran, der sich sogleich um den zahlungswilligen Gast kümmert.

»So mein Lieber, ich bin ganz Ohr.«

»Also hör zu«, beginnt Julian und beugt sich weit über den Tisch. »Ich habe ein Jobangebot.«

»Das ist doch wunderbar! Und wo?«

»Das ist es ja, in Dubai, und zwar für zwei Jahre.«

»Ja und? Lotte findet als Journalistin sicher auch Arbeit. Wo ist das Problem?«

»Es gibt zwei.« Julian seufzt. »Erstens darf ich nicht verheiratet sein und zweitens keine Kinder haben. Beides aber strebt Lotte an und zwar noch in diesem Jahr. Ich weiß nicht, was ich tun soll.«

»Na, ihr die Wahrheit sagen, und das schon gestern. Du liebst deine Lotte doch, oder?«

Julian nickt.

»Na also. Dann ruf sie an, und am besten sofort!«

»Nein, durchs Telefon will ich ihr das nicht sagen. Ich fahre hin, und zwar gleich morgen Früh.« Julian erhebt sich und zückt sein Portemonnaie. »Hier hast du zehn Euro für die Suppe.«

»Soll ich sie dir einpacken? Du hast ja kaum was gegessen.«

Julian winkt ab. »Lieb von dir, aber danke, dass du mir zugehört hast. Ich melde mich wieder.« Schon eilt er davon.

»Wozu sind Freunde da?« Toni sieht seinem Kumpel nachdenklich hinterher.

Julian hebt nur seine rechte Hand zum Gruß, bevor er ganz aus Tonis Blickfeld verschwindet.

In seiner Wohnung packt er schnell ein paar Sachen zusammen, stellt die Reisetasche in den Flur und fällt nach einem ausgiebigen Wannenbad in einen unruhigen Schlaf …

… Julian klatscht immer wieder in die Hände, aber Lotte sitzt nur da, neben sich zwei kleine Kinder. Sein Klatschen scheucht die Jungs nicht auf. Sie saugen an Lottes Brust, und sie scheint es zu genießen.

Er geht näher heran. Sie hebt den Blick, sieht ihn an und sagt nur: »Du willst keine Kinder!«

Noch bevor Julian antworten kann, ist Lotte mit den Kindern verschwunden. »Lotte«, ruft er verzweifelt …

»Lotte …« Julian schreckt von seiner eigenen Stimme auf. Er tastet mit der Hand nach ihr, doch, wo normalerweise seine Freundin liegen müsste, ist nichts.

»Lotte, wo bist du«, flüstert er und macht Licht. Er richtet sich auf, schaut auf seinen Wecker, um sich gleich wieder ins Kopfkissen fallen zu lassen. Sein Mund ist trocken. Erschöpft erhebt sich Julian, geht zum Kühlschrank und setzt auch schon die Flasche Milch an den Mund, die er hastig leert. Die Flasche lässt er auf der Spüle stehen. Noch eine Stunde Schlaf kann er sich gönnen. Falls es ihm gelingt.

3

Jetzt oder nie

12. Oktober – Julian biegt in die Jägerstraße ein und stellt sein Auto hinter einem verbeulten Fiat ab. Hier müsste es sein, vermutet er, schnappt sich den Zettel mit der Adresse von Lottes Freundin und steigt aus. Er läuft ein paar Schritte zurück, um sich am Straßenschild zu vergewissern, dass er richtig ist.

Gedankenverloren stopft er den Zettel in die Hosentasche, während er das Auto abschließt. Dann sieht er sich um. Wo ist die 23? Schließlich kann er auf der gegenüberliegenden Seite die Hausnummer erkennen. »Bingo!«

Julian schaut auf seine Uhr. Es ist kurz vor zehn.

Zielsicher stiefelt er hinüber und liest am Briefkasten schon mal den Namen Winter.

Er geht ums Haus herum. Jetzt oder nie, denkt er und drückt auf den untersten Klingelknopf.

Er wartet. Sekunden vergehen.

Er versucht es noch einmal.

»Ja?«

»Ist Lotte da?«

»Wer ist denn dort?«

»Na ich. Ich will Lotte abholen!«

Julian vernimmt ein Tuscheln, dann fragt eine Frauenstimme: »Wer ist Ich?«

»Julian, wer denn sonst!«

Es summt und er drückt die Tür auf.

Mit drei Sätzen nimmt er die paar Stufen nach oben und schaut sogleich in das finstere Gesicht einer jungen Frau.

»Karin?«, fragt er und streckt die Hand aus.

Sie nickt nur und tritt zur Seite. Julian lässt seine Hand sinken und geht an Karin vorbei. Dann bleibt er stehen.

»Geh weiter geradeaus, direkt in die Wohnküche.«

Enttäuscht sieht sich Julian um. »Wo ist Lotte?«

»Sie will dich nicht sehen.«

»Ich will nur mit ihr reden – ich weiß überhaupt nicht, was los ist – bitte Karin.«

Karin antwortet nicht. Irgendwie tut er ihr leid, und plötzlich lächelt sie. »Was hältst du davon, wenn wir zwei uns erst einmal unterhalten? Danach kannst du immer noch mit Lotte sprechen.«

Julian blickt in Karins ernstes Gesicht und vermutet, dass ihm nichts anderes übrigbleiben wird. Trotzdem regt sich in ihm Widerstand.

Karin betrachtet ihn mit gleichbleibender Miene, sodass Julian klar wird, dass er die schlechteren Karten hat.

»Einverstanden«, kommt es fast kleinlaut über seine Lippen.

»Setz dich!«, sagt Karin mit frostiger Stimme und zeigt auf die Küchenbank.

»Danke«, antwortet Julian genauso kühl. Er nimmt Platz.

»Möchtest du eine Tasse Kaffee?«, fragt Karin nun, während sie sich eine Tasse eingießt.

Er schüttelt den Kopf. »Aber zu einem Glas Milch sage ich nicht nein.«

Karin gibt ihm das Gewünschte, setzt sich ihm gegenüber an

den Tisch und beginnt ohne Umschweife mit der Frage-stunde: »Seit wann hast du was mit deiner Sekretärin?«

Julian verschluckt sich fast an der Milch. »Wie bitte? Wie kommst du … wie kommt Lotte darauf? Meine Sekretärin? Das ich nicht lache. Die ist kurz vor der Rente!«

»Das ist ein Grund, aber kein Hindernis. Ich habe schon grö-ßere Altersunterschiede erlebt.«

Karin mustert ihn pikiert von oben bis unten.

Julian fühlt sich unwohl und senkt den Blick. Dann aber sieht er Karin grimmig an, springt auf und ruft in den Raum hinein: »Jetzt reichts mir! Lotte wir müssen reden, so geht das nicht!«

Karin zeigt zur Bank und befiehlt: »Setz dich!«

Widerwillig gehorcht Julian. Was fällt dieser Person ein, mich wie einen Schwerverbrecher zu behandeln! Wütend blickt er sein Gegenüber an und trinkt die Milch auf ex aus. Am liebs-ten würde er dieser Frau den Hals umdrehen. Das scheint sie wohl zu ahnen, denn sie lächelt ihn aus kalten Augen an, als sie weiterspricht: »Gut, das mit der Sekretärin kannst du mit Lotte immer noch klären, aber weiter. Warum willst du keine Kinder? Du weißt, dass Lotte darunter leidet.«

Julian kann nicht anders. Krebsrot werdend holt er hörbar Luft, dann poltert er los. »Also höre zu, du schreckliche Per-son: Zum einen geht es dich gar nichts an, auch wenn du Lottes beste Freundin bist. Denn das ist eine Sache zwischen Lotte und mir. Klar? Zum anderen – wer sagt dir, dass ich keine Kinder will – irgendwann schon!«

»Irgendwann? Wann soll das sein?«, kommt es leise aus dem

Hintergrund. Julian wirbelt herum und ruft überrascht: »Lotte!«

Mehr bringt er nicht hervor, als er seine Freundin mit toternster Miene und verschränkten Armen in der Zimmertür stehen sieht. Ihr plötzliches Erscheinen verschlägt ihm die Sprache.

Lotte, die das bemerkt, sagt deshalb: »Also, ich höre!«

Julian zwinkert nervös, nestelt nach seinem Taschentuch und wischt sich damit über die Stirn.

»Was«, fragt er, »was willst du hören?«

»Du sagtest, dass du irgendwann Kinder willst – und ich wollte von dir wissen, wann das sein soll!«

»Ach so, hm, darüber will ich doch die ganze Zeit mit dir reden. Aber allein! Unter vier Augen!«

Er schielt zu Karin. – »Doch dein Wachhund lässt mich nicht!« Prompt erntet er von Karin einen ihrer giftigen Blicke.

Lotte, die dieses Hickhack zwischen den beiden langsam satthat, muss trotzdem innerlich schmunzeln. Sie meint einlenkend: »Also gut, da werde ich mal nicht so sein. Bin gespannt, was du mir zu erzählen hast.«

Und an ihre Freundin gewandt sagt sie: »Wolltest du nicht noch was erledigen?«

Irritiert blickt Karin Lotte an, bis sie endlich begreift.

»Ach ja, stimmt, meine Liebe, das hätte ich fast vergessen.« Sie schnappt sich sogleich Mantel und Mütze vom Garderobenhaken. Aber bevor sie die Wohnung verlässt, raunt sie Julian zu: »Dass mir keine Klagen kommen!«

Julian rollt mit den Augen. Kaum, dass die Tür ins Schloss gefallen ist, können sie Karin noch rufen hören: »Bin in einer halben Stunde zurück.«

Einige Minuten der Stille folgen.

Julian rührt sich zuerst. Er steht auf, breitet liebevoll seine Arme aus und geht auf seine Freundin zu. »Lotte!«, flüstert er. Sie steht abwartend da. Was passiert mit mir, denkt sie, als Julian sie auch schon voller Zärtlichkeit umarmt. Ein Kribbeln durchströmt ihren Körper, sodass sie sich willenlos von Julian auf die Eckbank führen lässt. Als sie nebeneinandersitzen, schmiegt sich Lotte an Julian, als wolle sie ihn gar nicht mehr loslassen.

Ihn überkommt ein Glücksgefühl. Hat er seine Lotte wieder? Er streichelt zärtlich ihren Rücken. Sie genießt diese Berührung mit geschlossenen Augen. Eine Berührung, nach der sie sich so sehr gesehnt hat. Doch plötzlich löst sie sich aus seiner Umarmung und rückt etwas von ihm ab.

Mit ernster Miene verkündet Lotte: »Wir müssen reden!«

»Ja, das müssen wir«, antwortet Julian und setzt sich aufrecht hin.

»Du zuerst«, sagt Lotte.

»Nein du. Schließlich hast du schon einiges von mir mitbekommen.«

»Habe ich das? – Okay, dann machen wir's kurz, Julian – ich bin schwanger.«

Julian schluckt. »Schwanger? So richtig schwanger?«

»Kann man auch falsch schwanger sein?« Lotte sieht ihn amüsiert an.

»Nein, natürlich nicht, aber …«

Lotte fasst das als Aufforderung auf und kramt sofort in ihrer Handtasche. »Ich kann ihn jetzt nicht finden.«

»Was suchst du denn«, fragt Julian und lächelt. Plötzlich wird er ernst und sagt: »Dann weiß ich, was ich tun muss.«

»Was du tun musst? Was soll das schon wieder heißen?« Lotte sieht ihn zweifelnd an.

»Keine Angst!« Julian legt einen Arm um Lottes Schultern. »Ich sage dir gleich, worum es geht, aber dafür muss ich etwas ausholen.«

Lottes Gesicht ist noch immer voller Skepsis.

»Also«, beginnt Julian, und erzählt ihr die ganze Geschichte. Mit geweiteten Augen hört Lotte ihm zu und rückt immer näher an ihn heran. Schließlich erfährt sie vom Jobangebot und was der künftige Arbeitgeber von ihm verlangt. Nur käme das für Julian nicht infrage, jedenfalls nicht unter solchen absurden Bedingungen. Das sagt er Lotte auch.

»Entweder sie nehmen mich mit dir zusammen, oder gar nicht. Und unser Kind«, er sieht sie mit leuchtenden Augen an, »darf auch kein Hindernis sein. Ansonsten sollen sie sich für einen anderen Kandidaten entscheiden.«

Julian wirft seiner Freundin einen erwartungsvollen Blick zu. Doch Lotte sagt kein Wort, sondern starrt vor sich hin. Julian fährt sich nervös mit gespreizten Fingern durch sein Haar.

Weil Lotte weiterhin schweigt, fügt er rasch hinzu: »Was meinst du, könntest du dir überhaupt vorstellen, mit mir zusammen nach Dubai zu gehen?«

Erst jetzt sieht ihn Lotte lächelnd an. »Ich dachte schon, du fragst mich gar nicht. – Ob ich mir das vorstellen könnte? Natürlich kann ich mir das vorstellen! Sehr gut sogar. Als Journalistin finde ich überall auf der Welt Arbeit. Das sollte das geringste Problem sein – nun kommt es nur noch auf deinen hiesigen Chef und die Araber an. Würden sie sich auf deinen Deal einlassen?«

»Das wissen wir gleich«, antwortet Julian und hat auch schon das Handy am Ohr. Er geht nach nebenan.

Während Lotte allein ist, gehen ihr viele Gedanken durch den Kopf. – Es macht sie irgendwie traurig, dass Julian und Karin sich nicht verstehen. Zu gerne wüsste sie den Grund dafür. Gut, sie kennen sich kaum. Manchmal kommt es ihr so vor, als wäre Karin auf Julian eifersüchtig, oder umgekehrt. Aber das kann nicht sein. Lotte schüttelt den Kopf. Natürlich weiß sie, dass Karin nichts mehr am Herzen liegt, als das Glück ihrer besten Freundin. Trotzdem muss Lotte ihre eigenen Entscheidungen treffen. Das wird auch Karin einsehen müssen. Und Julian muss begreifen, dass neben ihm auch Karin einen wichtigen Platz in ihrem Leben haben wird.

Julian telefoniert noch. Das nutzt Lotte, um ein wenig aufzuräumen. Sie nimmt die leeren Tassen vom Tisch und will sie in den Geschirrspüler stellen, als ihr Blick auf den gelben Briefumschlag fällt. Sie greift danach, nimmt den Zettel heraus und liest noch einmal die merkwürdigen Zeilen:

DER EMPFÄNGER DIESES BRIEFES HAT DAS GLÜCK GEWONNEN.

ER MUSS ES NUR SEHEN. ES LAUERT ÜBERALL.
EINZIGE BEDINGUNG: AUGEN AUF!

Lotte beginnt allmählich, den Sinn dieser Worte zu verstehen.

Die Botschaft ist gar nicht so merkwürdig. Sie braucht nur an sich und Julian zu denken. Glaubte sie doch, ihr Glück längst verloren zu haben. Dabei lag es die ganze Zeit vor ihr. Sie musste nur die Augen aufmachen. Lotte nimmt jetzt die Karte mit dem Kleeblatt aus dem Umschlag und will schon auf der Rückseite etwas notieren, als sie den Zettel noch einmal betrachtet. Komisch, denkt Lotte, es gibt kaum noch Menschen, die in Blockschrift schreiben. Ob den Brief wohl jemand Bekanntes verfasst hat, den sie womöglich an der Schrift erkennen würde, fragt sie sich – aber wer sollte das sein? Sie zuckt mit den Schultern und schreibt kurzerhand:

Ich habe mein Glück gefunden und zwar in doppelter Hinsicht. Julian und das Baby sind mein größter Gewinn, mein größtes Glück!

Sie steckt die Karte gerade wieder in den Umschlag, als Julian erscheint. Sein Gesicht spricht Bände.

»Hat es geklappt?«, fragt Lotte, obwohl sie ahnt, dass diese Frage überflüssig ist.

Er sieht seine Freundin spitzbübisch an und antwortet: »Jein, denn ich bekomme nicht die Stelle, die mir zugesagt wurde, weil ich ja nicht die Kriterien erfülle – du verstehst?«

»Jaja, ich verstehe, aber was willst du mir eigentlich sagen?«

»Man hat mir ein neues Angebot gemacht, das um einiges attraktiver und besser ist. Nicht nur mehr Gehalt, sondern – was ganz wichtig ist – ich darf verheiratet und auch Vater sein. Dieses Angebot gilt sogar für drei oder vier Jahre, so dass wir pünktlich zur Einschulung unseres Kindes nach Deutschland zurückkehren können.«

»Wenn wir das überhaupt noch wollen«, sagt Lotte mit einem Augenzwinkern.

»Abwarten.« Julian stutzt. – »Was ist das?« Er nimmt Lotte den Brief aus der Hand, dreht ihn hin und her und fragt verwundert: »Was hat das zu bedeuten – an die Gewinner?«

»Also doch *die* Gewinner«, murmelt Lotte vor sich hin.

»Was sagst du?«

»Ach nichts weiter, mein Lieber. Lies doch selber.«

»Okay!«

Während Julian den Zettel studiert, kommt es Lotte für einen Moment so vor, als würde ein Lächeln seine Lippen umspielen. Doch als er die Karte herausholt und zuerst das Kleeblatt und dann Lotte erstaunt ansieht, nickt sie ihm aufmunternd zu. Erst jetzt dreht er die Karte um und liest Lottes Zeilen. Lächelnd schreibt er spontan etwas darunter. Wie selbstverständlich steckt er alles wieder in das Kuvert, klebt es zu und lässt es in der Innentasche seines Sakkos verschwinden.

Lotte, die ihn beobachtet hat, ist zunächst sprachlos. Dann funkelt sie ihn aus zusammengekniffenen Augen an. »Was soll das? Ich will wissen, was du geschrieben hast. Komm, mach den Umschlag wieder auf!«, fordert sie und will ihm den Brief aus der Jackentasche holen.

»Nix da«, ruft Julian und springt auf, um gleich darauf im Nebenzimmer zu verschwinden. Lotte hinterher. Sie erwischt ihren Freund am Jackenärmel. Julian lässt sich lachend aufs Bett fallen.

»Jetzt habe ich dich«, ruft Lotte, und wirft sich auf Julian. Er umarmt sie und sucht ihre Lippen. Beide küssen sich innig.

»Ich habe dich so vermisst«, flüstert Julian seiner Lotte zu und knabbert an ihrem Ohrläppchen. Sie kann nur ein »Ich dich auch« hauchen und verschließt seinen Mund mit einem weiteren Kuss. Das verliebte Pärchen vergisst alles um sich her ...

»Was ist denn hier los!«

Julian und Lotte lassen ruckartig voneinander ab, setzen sich auf und streichen verlegen ihre Kleidung glatt.

Karin, die mitten im Türrahmen steht, sieht erstaunt von Lotte zu Julian und meint: »Jetzt erwarte ich eine Erklärung!«

»Von wem?«, fragt Lotte pikiert und springt vom Bett auf. Während sie sich an ihrer Freundin vorbeidrängelt, tut es ihr Julian gleich. Er setzt sich neben Lotte auf die Küchenbank. Beschützend legt er den Arm um sie und schaut Karin, die sich zu ihnen umgedreht hat und mit vor der Brust verschränkten Armen in der Tür stehen bleibt, triumphierend an. Dieser Triumph schwingt in seiner Stimme mit, als er sagt: »Wir haben uns ausgesprochen, auch wenn dir das nicht zu passen scheint.«

Lotte gibt ihm mit dem Ellenbogen einen heftigen Rungs in die Seite. »Ist doch wahr«, verteidigt sich Julian und fügt

48

hinzu: »Außerdem wollen wir …« Erneut spürt er Lottes Ellenbogen.

Karin löst sich vom Türrahmen und nimmt ihnen gegenüber Platz. Sie beugt sich weit über den Tisch, sieht dabei Julian in die Augen und sagt betont langsam: »Glückwunsch, mein Lieber. Dann ist ja alles bestens. Wenn du mir jetzt noch verrätst, was ihr wollt, bin ich zufrieden.«

»Du bist zufrieden? Es wird ja immer besser«, schimpft Julian los. Er wird krebsrot im Gesicht. Lotte legt ihm beschwichtigend die Hand auf den Arm und sieht ihn beschwörend an.

Dann wendet sie sich ihrer Freundin zu. »Ich weiß, du bist besorgt um mich, und ich habe dir so viel zu verdanken. Und, ja, es stimmt, ich wollte mit Julian nichts mehr zu tun haben, aber meinst du nicht, dass er eine zweite Chance verdient hat? Außerdem liebe ich ihn.«

»Das klang gestern noch ganz anders«, blafft Karin ihre beste Freundin an, was sonst gar nicht ihre Art ist.

»Ich weiß, aber gestern war auch alles ganz anders. Und heute ist heute. Auch für dich wird es langsam Zeit, nach vorn zu schauen. Auch wenn du schlechte Erfahrungen gemacht hast, solltest du dich wieder verlieben. Wie wäre es mit diesem Fabian?«

»Welcher Fabian?«, will Julian wissen.

»Bist du verrückt«, ruft Karin und zeigt ihrer Freundin einen Vogel.

Julian, der nach wie vor nur ›Bahnhof‹ versteht, versucht seiner Stimme etwas Energisches zu verleihen, als er fragt:

»Was wird hier eigentlich gespielt?!«

»Das kannst du ihm erklären«, meint Karin zu Lotte, »immerhin hast duuu mit dem Thema angefangen.«

»Mit welchem Thema? – Herrje, klärt mich bitte mal einer auf!«, verlangt Julian nun mit ärgerlichem Unterton. Doch bevor er eine Antwort erhält, rennt Lotte an ihm vorbei, verschwindet im Bad und Karin mit der Küchenrolle hinterher. Julian bleibt sprachlos auf der Bank sitzen …

Wer wird hier eigentlich Vater, überlegt er, und runzelt die Stirn. Er hat fast den Eindruck, dass Karin diese Rolle bereits übernommen hat. Dann schüttelt er den Kopf und murmelt leise vor sich hin: »Quatsch, Karin ist doch nur Lottes beste Freundin. Und beste Freundinnen halten nun mal in allen Lebenslagen zusammen.«

Nach einigen Minuten, die Julian wie eine Ewigkeit erscheinen, kommt Lotte wieder raus, umarmt ihn und spricht das aus, was er denkt: »Komm, lass uns nach Hause fahren.«

Karin, die hinter ihr auftaucht, protestiert sofort. »Du bist doch grade erst gekommen, Lotte, wir wollten doch noch so viel unternehmen. Schließlich habe ich extra frei genommen, und außerdem brauchst du Erholung … und Abstand.« Dabei schielt sie Julian grimmig an.

Bevor der etwas entgegnen kann, gibt ihm Lotte einen Kuss. »Pack doch schon mal meine Sachen in den Koffer«, flüstert sie ihm ins Ohr. Dann winkt sie Karin zu sich auf die Küchenbank.

Die Freundinnen tuscheln, sodass Julian zu seinem Leidwesen nicht ein einziges Wort davon verstehen kann.

Als er nur fünf Minuten später mit dem Koffer erscheint, haucht Karin ihrer Freundin einen Kuss auf die Wange und sagt: »Alles Gute für dich und dein Baby, Lottchen, und du weißt, ich bin immer für dich da. Danke für deinen Besuch, auch wenn er etwas kurz war.«

»Leider meine Liebe, aber …«

Julian ergreift schnell die Hand seiner Freundin und zieht sie regelrecht aus Karins Wohnung.

»Wir telefonieren nächste Woche …«, kann Lotte gerade noch rufen, und das Letzte, was sie an diesem Oktobertag von Karin hört, ist: »Machen wir.«

Sechs Wochen danach ist Julian bereits auf dem Weg in die Vereinigten Arabischen Emirate. Ohne Lotte.

13. Dezember

Lotte stellt das Radio an. Ihr schallt ›Time to say goodbye‹ entgegen. Sofort fällt ihr Julian ein, und die Tränen rollen ihr über die Wangen. Drei Wochen ist es jetzt her, dass er nach Dubai aufgebrochen ist. Er fehlt ihr so. Es macht sie traurig, ihn nicht bei sich zu haben. Auch wenn sie jeden Tag miteinander skypen und sich per Bildschirm sehen, es ist nicht dasselbe. Noch zwölf Tage bis zur Hochzeit. Darauf freut sie sich … auch, dass es mit einer Wohnung, nein sogar mit einem Haus, in Dubai klappt. Zum Glück ist es teilmöbliert, sodass ihre Dresdner Wohnung nicht plötzlich leer stehen muss. Was sie allerdings mit ihrer Wohnung machen werden, ist noch ungewiss. Der Vermieter hat nichts gegen eine Zwischenvermietung, bis Julian und Lotte nach drei oder vier Jahren wieder zurück sind – eine Idee hätte Lotte bereits, aber dafür müsste sie noch mal nach Naumburg ... doch jetzt wartet sie sehnsüchtig auf den Postboten. Sie hofft auf Rückmeldungen einiger Verlage, bei denen sie sich um eine Lektorats-Stelle beworben hat. In Dubai gibt es mehr als genug Möglichkeiten für ihre Qualifikation.

Lotte horcht. War das das Postauto? Sie geht zum Fenster und sieht das Auto gerade noch wegfahren. Wie der Blitz ist sie am Briefkasten. Sie öffnet ihn mit zittrigen Fingern. Neben zwei kleinen Briefen fliegt ihr ein Großbrief entgegen. Lotte rennt die Treppe hinauf und wirft alles auf den Küchentisch. Nun macht sie sich erst mal einen Kaffee. Wenn sie auch vor Neugierde platzt, den braucht sie jetzt. Die eine Tasse am Tag gönnt sie sich trotz Schwangerschaft.

Lotte nimmt die Tasse und nippt vorsichtig daran. »Man, ist der heiß!« Sie stellt die Tasse ab.

Achtlos legt sie die zwei kleinen Briefe rüber auf den Küchenschrank und setzt sich an den Tisch. Endlich kann sie sich dem großen Umschlag widmen. Entschlossen reißt sie ihn auf und schüttet den Inhalt aus. »Wow, zehn Zuschriften«, staunt sie.

Lotte trinkt einen Schluck von ihrem Kaffee, der sich etwas abgekühlt hat. Aufgeregt nimmt sie sich den ersten Brief vor, legt ihn beiseite und liest auch die anderen neun Zuschriften. Nach einer guten Viertelstunde betrachtet sie enttäuscht den Papierhaufen vor sich auf dem Tisch. »Nichts Vernünftiges dabei«, murmelt sie und wirft alles in den Abfallkorb. Dann trinkt sie den Kaffee in einem Zug aus.

»Brrr« – Lotte schüttelt sich. Kalter Kaffee mag ja angeblich schön machen, aber Lotte macht er eher trübsinnig. Deshalb gießt sie einen Schluck frischen Kaffee nach und trinkt.

»Autsch!«

Nachdem sich Lotte die Lippen verbrannt hat, geht sie ins Bad und spritzt sich kaltes Wasser ins Gesicht. Sie betrachtet ihr Spiegelbild – ›etwas kalter Kaffee könnte nicht schaden‹, denkt sie schmunzelnd – da hört sie das Telefon läuten.

Julian, schießt es ihr durch den Kopf, und nur Sekunden danach hebt sie den Hörer ab.

»Hi Julian, das ist …«

Sie wird von einer fremden Stimme unterbrochen. »Hallo, spreche ich mit Frau Charlotte Dornbusch?«

»Ja, das bin ich – wer ist denn dort?«

»Hier ist William. Ich rufe von der Zeitung ›7 Tage‹ vom Verlag Khaleej aus Dubai an. Haben Sie schon unseren Brief erhalten?«

Brief, welchen Brief – grübelt Lotte verzweifelt.

»Hallo, sind Sie noch da?«

»Ich habe keinen Brief erhalten«, stottert Lotte in den Hörer.

»Dann kommt der sicher noch, ist auch eher als Vorinformation gedacht. Nur so viel: Wir sind von Ihrer Bewerbung sehr angetan und laden Sie zu einem Vorstellungsgespräch ein. Das müsste allerdings schon in den nächsten Tagen geschehen. Wäre Ihnen das möglich?«

In Lottes Kopf dreht sich alles. Deshalb sagt sie: »Hören Sie,

Frau William, kann ich Sie zurückrufen?«

»Aber ja, sagen wir morgen um zehn Uhr? Passt Ihnen das?«

Um zehn – Lotte überlegt – das wäre hier um acht – sie nickt. Dann fällt ihr ein, dass das Frau William nicht sehen kann. »Okay«, antwortet sie schnell, »also bis morgen«, und sie legt den Hörer auf.

Einen Moment bleibt Lotte regungslos stehen. Ihr Blick geht zum Küchenschrank, wo die zwei Briefe liegen. Nachdenklich greift sie danach und setzt sich wieder an den Tisch. Der eine Brief ist aus Dubai, dessen Inhalt sie quasi kennt. Sie legt ihn beiseite.

Der andere Brief ist von ihrer Freundin. Hastig öffnet sie ihn und überfliegt die Zeilen. – Sie liest gleich noch einmal. Lottes Augen beginnen zu strahlen. Morgen kommt Karin nach Dresden. Das passt, denkt sie. Denn sobald ihre Freundin hier ankommt, ist das Telefonat mit Frau William längst Geschichte.

»Juhu«, ruft Lotte und hüpft mit dem Brief in der Hand durch die ganze Wohnung. Immer wieder singt sie nach der Melodie von ›Erna kommt‹: »Karin kommt, Karin kommt wieder mal, Karin kommt, morgen ist der Tag, an dem Karin kommt – und wenn sie kommt, kommt sie prompt, Karin kommt, la la la la la la la la la …« Plötzlich hält Lotte inne und bleibt abrupt stehen. Erneut muss sie an Julian denken und an ihren bevorstehenden Flug nach Dubai.

In einer Woche geht es los. Sie nimmt nur einen Koffer mit. Die meisten Sachen haben sie bereits vor vier Wochen in Kartons gepackt und per Post auf die Reise geschickt. Und morgen wird sie mit Karin das Wohnungsproblem aus der Welt schaffen. Das muss sie gleich ihrem Schatz mitteilen. »Mist, wieder nur dieser dämliche AB. Blöde Erfindung!« Lotte sieht auf die Uhr, die die elfte Stunde anzeigt. Julian macht vielleicht noch Mittag, überlegt sie. Später kommt es auch zurecht.

Sie gießt sich ein Glas Wasser ein und geht damit ins Wohnzimmer. Ihr Bauch macht ihr langsam zu schaffen. Naja, immerhin ist sie fast im 6. Monat. Sie setzt sich auf die Couch, trinkt einen Schluck und stellt das Wasserglas auf den Tisch. Gedankenverloren lässt sie ihren Blick durch den Raum schweifen. Zufrieden lächelnd stellt sie fest, dass die Wohnung modern und gleichzeitig praktisch eingerichtet ist. Ich hätte auch Innenarchitektin werden können, denkt sie unwillkürlich und muss schmunzeln. Dann nimmt sie den Kalender vom Couchtisch und schlägt das heutige Datum auf. Lotte überlegt laut: »Morgen habe ich zwei Termine – früh um acht hiesiger Zeit den mit der William, und um fünfzehn Uhr kommt Karin ...« Sie will den Kalender auf den Tisch legen, behält ihn aber in der Hand und sieht sich den Freitag an. »Da muss ich zum Frauenarzt – um elf. Und um vierzehn Uhr hole ich das Brautkleid ab. – Da ist es gut, dass Karin mit dem Auto kommt.«

Lotte lächelt verträumt. Aus der Küche hört sie Juliane Werdings Lied ›Am Tag, als Conny Kramer starb‹. Nein, solche Musik braucht sie jetzt nicht. Sie steht auf und macht das Radio aus. Inzwischen ist es halb zwölf und sie hat auch langsam Hunger. Tonis ›Suppenbar‹ fällt ihr ein.

Außerdem wird es Zeit, ihrem gemeinsamen Freund wieder mal einen Besuch abzustatten.

♥

17. Dezember

»Haben wir jetzt alles besprochen«, fragt Karin und genießt ihren obligatorischen Espresso.

»Ich denke schon«, antwortet Lotte, während sie an einem Keks knabbert. »Gehen wir doch noch mal alles durch«, dabei nimmt sie ihre Finger zu Hilfe und beginnt, aufzuzählen:

- »bei Dr. Hubert war ich, dem Baby geht es gut
- das Brautkleid habe ich, passt, wackelt und hat Luft« – Lotte grinst Karin an, dann sagt sie:
- »aber weiter: du ziehst von Naumburg hierher zu uns, und in deine Wohnung zieht die Kollegin ein, die deine Stelle in der Naumburger Bibo bekommt, während du ihre in der Dresdner Zentralbibliothek übernimmst
- mit Frau William habe ich auch alles besprochen
- in drei Tagen fliege ich nach Dubai, und du kommst am 22.12. nach … Moment …«

Lotte sieht ihre Freundin nachdenklich an. »Sage mal, warum kommst du nicht schon einen Tag zeitiger, zusammen mit meinen Eltern?«

»Geht nicht, Süße, tut mir leid.«

»Und warum nicht?«

»Weil der einundzwanzigste mein allerletzter Arbeitstag in meiner geliebten Bibliothek ist und weil meine lieben Kollegen eine Abschiedsparty für mich schmeißen wollen. Da muss ich dabei sein, das verstehst du doch, oder?«

Lotte sieht Karin etwas bedröppelt an, bevor sie antwortet: »Stimmt, du beginnst ja im Januar schon mit deiner Arbeit in Dresden ...dabei haben wir gerade davon gesprochen. Ich bin irgendwie durcheinander. Liegt sicher am Hochzeitsblues.« Sie grinst verschmitzt. »Emma ist übrigens der gleichen Meinung.« Dabei streichelt sie zärtlich ihren Bauch.

»Emma?« Karin zieht die Augenbrauen hoch. »Wird es denn ein Mädchen?«

Lotte zuckt mit den Schultern. »Keine Ahnung. Wir wollen es nicht wissen – ist eher ein Bauchgefühl.«

»Klar, Bauchgefühl.« Karin kichert.

Sie beugt sich zu Lottes Bauch runter und flüstert: »Kleines Baby, bleib lieber, wo du jetzt bist«, sie schielt kurz zu Lotte hoch. Dann beugt sie sich wieder zum Babybauch und streichelt ihn bei den Worten »bevor du deine durchgeknallte Mutter persönlich kennenlernst.«

Lotte unterdrückt ein Schnaufen. »Was fällt dir ein«, ruft sie mit gespielter Empörung und will ihrer Freundin hinterher, die gerade die Schlafzimmertür von innen zuknallt. »Du brauchst gar nicht zu flüchten, meine Liebe!«, und schon stemmt sich Lotte gegen die Tür. Wo ist nur meine Kraft geblieben, fragt sie sich enttäuscht, zuckt mit den Achseln und geht zum Telefon.

Nach einigen Minuten steckt Karin vorsichtig ihren Kopf durch den Türspalt.

»Komm schon raus«, ruft Lotte, »ich tu dir nichts. Toni erwartet uns. Er zaubert für uns eine atemberaubende Suppe, wie er behauptet. Ich hatte ihn gerade am Telefon.«

»Das klingt super«, sagt Karin und geht langsam auf Lotte zu. »Und Süße, nicht böse sein, es war nur Spaß.«

»Weiß ich doch, aber jetzt beeile dich, sonst ist die Suppe kalt.«

Und schon verlassen die Freundinnen die Wohnung, welche bald Karins neues Heim sein wird.

4

Nach 14 Monaten in der Fremde

22. Februar – »Möchten Sie noch einen Espresso? Wir landen in knapp sechzig Minuten.«

Die hübsche Stewardess schaut über das Tablett auf Lotte und Julian herab.

Er schüttelt den Kopf, ohne den Blick von seinem Buch zu lösen, während Lotte ihr freundlich zunickt.

»Ja gerne«, sagt sie und bekommt von der Stewardess mit einem Lächeln die Tasse gereicht.

Genüsslich schlürft Lotte ihr Lieblingsgetränk, auf das sie so viele Monate hatte verzichten müssen. Liebevoll blickt sie auf die Babyschale, die zwischen ihr und Julian steht. Emma hat fast den gesamten Flug verschlafen. Nur fürs Fläschchen ließ sie sich kurz wecken. Aber auch dabei nickte sie immer wieder ein. Sie ist so süß, denkt Lotte und streichelt zärtlich über die Wange ihrer Tochter.

»Nur noch eine Stunde«, sagt sie zu Julian und lächelt ihn vielsagend an.

»Ich weiß, du freust dich auf deine Freundin. – Ich mag sie ja inzwischen auch.«

Julian klappt das Buch zu.

»Seit unserer Hochzeit hat sich der Sturm etwas gelegt.« Er betrachtet Lotte nachdenklich. »Weißt du eigentlich, dass wir bereits zwei Monate ein Ehepaar sind?«

Lotte sieht ihn von der Seite an. »Wirklich?«, fragt sie mit gespieltem Erstaunen. Dann lächelt sie glücklich.

»Und Karin will wirklich auf Emma aufpassen, während wir Dresden unsicher machen? Sie will nicht etwa mitkommen und den Anstands-Wauwau spielen?«

»Julian, bitte! Ich dachte, du magst sie?« Lottes Lächeln erlischt.

»Tu ich ja auch, jedenfalls ein klein bisschen.«

Er beugt sich über die schlafende Emma und haucht seiner Frau einen Kuss auf die Wange. Dabei grinst er sie entwaffnend an. »Und dass wir sie für die Zeit, die wir in Dubai sind, als Nachmieterin für unsere Wohnung gewinnen konnten, war ein großes Glück. Schon dafür mag ich sie.«

Eine Durchsage vom Piloten lässt beide aufhorchen. Sogleich schnallen sie sich an und sehen aufgeregt der Landung entgegen.

Glücklich, nach Monaten wieder heimatlichen Boden unter den Füßen zu haben, betreten Julian und Lotte die große Empfangshalle des Dresdener Flughafens. Emma ist inzwischen munter und will gewickelt werden. Jedenfalls gibt sie das lautstark zum Ausdruck. Während Julian eilig die nächste Toilette mit Wickeltisch aufsucht, hält Lotte nach ihrer Freundin Ausschau.

Trotzdem wirft sie ihrem Mann noch einen glücklichen Blick hinterher. Emma ist nun schon neun Monate alt, aber dennoch verschläft sie jeden Flug. Aus Erzählungen anderer Eltern weiß sie, dass ihre Kinder oft Krach im Flugzeug veranstalten. Lotte lächelt stolz. Auch isst Emma bereits Breinahrung, aber bei langen Reisen, die äußerst selten sind, mag sie noch ihr Fläschchen. Lotte sieht, wie Julian mit Emma hinter der Toilettentür verschwindet.

Sie schaut sich erneut um. Plötzlich entdeckt sie Karin und läuft mit offenen Armen auf sie zu. Beide Frauen fallen sich um den Hals. In einigem Abstand taucht hinter Karin eine junge Frau auf, die Lotte erst bemerkt, als diese neben ihnen abwartend stehen bleibt.

Sofort löst sich Lotte aus der Umarmung und lässt ihren Blick zwischen Karin und der Frau hin und her schweifen.

»Oh, Entschuldigung«, meint Karin und sieht Lotte verlegen an, »darf ich euch miteinander bekannt machen? – Das ist Felizitas, meine neueste Kollegin und das – ist meine älteste und allerbeste Freundin Lotte.«

Lotte bemerkt ein kurzes Flackern in den Augen dieser ›neuesten Kollegin‹ – von der sie noch nie etwas gehört hat – lässt sich ihre Enttäuschung aber nicht anmerken. Im Gegenteil. Sie lächelt Felizitas freundlich an – schließlich sind Karins Freunde auch ihre Freunde. Das war schon immer so. Lotte will gerade eine Frage stellen, als Julian mit Emma erscheint.

Sofort gilt alle Aufmerksamkeit nur noch der kleinen Prinzessin, und Lotte vergisst vor lauter Mutterglück, was sie gerade fragen wollte.

Erst Stunden später fällt es ihr wieder ein.

Es ist bereits 22 Uhr. Sie sitzen seit zwei Stunden gemütlich in einer Bar am Altmarkt und Lotte genießt ihr zweites Glas Rotwein, als sie unvermittelt fragt: »Weißt du, was komisch ist?« Julian, gerade im Begriff, von seinem Weinbrand zu kosten, sieht seine Frau erstaunt an. Er setzt das Glas ab und antwortet: »Nein, keine Ahnung. Aber sicher wirst du es mir gleich verraten.«

»Warum kennen wir Felizitas nicht?«

Julian zuckt mit den Schultern.

»Seit Karin hier in Dresden ist, hat sie diese Kollegin noch nie erwähnt. Dabei telefonieren wir mindestens dreimal die Woche miteinander. Und dieser nicht alltägliche Name hätte sich mir garantiert eingeprägt. Auch kommt mir die Frau irgendwie bekannt vor, hm, als hätte ich sie schon mal gesehen. Findest du das nicht auch merkwürdig?«

Lotte trinkt einen Schluck. Dabei sieht sie ihren Mann über den Rand ihres Weinglases abwartend an.

»Was meinst du mit merkwürdig? Nur weil sie dir bekannt vorkommt?«, fragt Julian. »Wie kommst du überhaupt darauf?«

Er nippt gedankenverloren an seinem Weinbrand. Auch Lotte grübelt vor sich hin. Das Schweigen der beiden wird nur durch das Gemurmel der anderen Gäste an den Nachbartischen und von leiser Musik getragen.

Plötzlich meint Julian: »Ihr seid doch Freundinnen, und die sollten keine Geheimnisse voreinander haben. Vielleicht solltest du Karin fragen.«

»Ja, vielleicht.« Lotte leert ihr Glas und stellt es ab.

Julian trinkt seinen Weinbrand in einem Zug aus. »Es ist schon spät, Lotte«, sagt er, »und was diese Felizitas betrifft, kriegen wir das heute nicht mehr raus. Lass uns aufbrechen!«

Er winkt dem Kellner.

Auf nach Berlin – 24. Februar

Julian verstaut das Gepäck im Kofferraum des Leihautos, mit dem er seine kleine Familie zu Lottes Eltern kutschieren will, bevor es dann zurück nach Dubai geht. Karin muss ab Montag wieder zur Arbeit, und zwei Nächte bei Lottes Freundin genügten Julian völlig. Allmählich ging sie ihm auf die Nerven. Er musste sich tüchtig zusammenreißen, ihr nicht Kontra zu bieten. Nur seiner Lotte zuliebe beherrschte er sich.

»Fertig«, sagt Julian und macht die Kofferklappe mit Schwung zu.

»Ich auch.« Lotte kontrolliert ein letztes Mal den Gurt an Emmas Kindersitz.

Dann umarmt sie noch ganz fest ihre Freundin. »Karin, wir fliegen übermorgen zurück nach Dubai. Vielleicht schaffst du es ja, und kommst zum Flughafen?«

»Zum Winken? Glaub nicht, dass ich frei bekomme. Eine Schulklasse hat sich für Vormittag angekündigt.«

»Kann man nichts machen, Süße. Dann werden wir doch ab Berlin fliegen. Ich rufe dich gleich an, wenn wir gelandet sind.«

»Das will ich hoffen!«, sagt Karin lachend und drückt Lotte noch fester an sich.

Lang anhaltendes Hupen holt die beiden Frauen zurück in die Realität. Bevor sie sich aus ihrer Umarmung lösen, gibt Lotte ihrer Freundin noch einen Schmatz auf die Wange. Dann steigt sie schnell ein.

Julian fährt sofort los. Aus dem geöffneten Autofenster

63

heraus winkt Lotte noch einmal und ruft: »Ach, und liebe Grüße an deine Felizitas!«

Karin läuft winkend hinter dem Auto her, formt die Hände zum Trichter und ruft, so laut sie kann: »Grüße bitte deine Eltern ganz lieb von mir.«

Doch Lotte hat das Fenster bereits geschlossen. »Musst du so rasen?!«, blafft sie Julian an, während sie sich festgurtet.

»Ich will heute noch bei Anna und Hans ankommen und wenn's geht, auch noch im Hellen.« Er nennt seine Schwiegereltern von Anfang an beim Vornamen.

»Okay, mein Schatz, aber jetzt kannst du wieder normal fahren. Karin ist nicht mehr zu sehen. Übrigens, was hältst du von dieser Felizitas?«

»Wie kommst du jetzt schon wieder auf Karins Kollegin?«

»Sie geht mir einfach nicht aus dem Kopf«, antwortet Lotte, »und weißt du, es scheint nicht nur Karins neue Kollegin zu sein, ich denke, es ist ihre Freundin ... also anders, als mit mir, verstehst du?«

»Du glaubst, Karin ist lesbisch? Daran habe ich noch gar nicht gedacht.«

»Ist nur eine Vermutung. So richtig ausgelassen hat sie sich darüber nicht – Julian, fahre nicht so dicht auf, du musst nicht mehr überholen, gleich kommt die Autobahn – hörst du!«

»Ich weiß.«

»Dann ist es ja gut. – Duuu, Julian?«

»Was ist?«

»Was ich immer noch nicht verstehe. Mit wem hat die

Felizitas nun Ähnlichkeit?«

»Keine Ahnung«, Julian sieht sie kurz an, »es gibt Menschen, die ein Allerweltsgesicht haben, nicht solch ein hübsches wie du, mein Schatz.«

»Schmeichler.« Lotte boxt ihn am Arm.

»Und auf Karins neue Kollegin scheint das zuzutreffen, das mit dem Allerweltsgesicht.«

»Vielleicht. – Halt!«

Julian bremst.

»Nein, nein fahr weiter«, sagt Lotte schnell und sieht sich nach Emma um. Froh, dass ihre Tochter mit ihren Fingerchen spielt, meint sie jetzt schuldbewusst zu Julian: »Entschuldige, ich wollte nur sagen, dass ich jetzt weiß, wem Felizitas ähnelt.«

»Na sag schon.« Julian kann sich einen Seufzer nicht verkneifen.

»Fabian.«

»Hä, wer ist Fabian?«

»Ach ja, du hast ihn ja gar nicht zu Gesicht bekommen. Das erzähle ich dir später, nicht während der Autofahrt – du hängst deinem Vordermann schon wieder im Kofferraum. Fahre bitte auf den nächsten Rastplatz. Emma ist munter und muss gewindelt werden.«

Julian stöhnt auf. »Muss das sein? Es sind nur noch dreißig Kilometer.«

»Frag Emma.«

»Emma, hältst du es noch bis zu Oma und Opa aus?«

»Bababa«, brabbelt Emma vor sich hin, was Julian als

Zustimmung betrachtet. Und tatsächlich erreichen sie nach genau zwanzig Minuten die Wohnsiedlung in Falkensee. Kaum hat Julian den Wagen vor dem Einfamilienhaus abgestellt, in dem Lotte ihre Kindheit verbracht hatte, kommt auch schon Lottes Mutter aus dem Gartentürchen gestürzt. Und kaum ist sie sichtbar, ruft Emma sofort: »Dada Oma.«

Diese öffnet sogleich die hintere Autotür, um ihre Enkeltochter aus dem Kindersitz zu heben und sie im nächsten Moment dem herannahenden Opa in den Arm zu drücken.

»Oma«, kräht die Kleine.

»Nein, ich bin doch der Opa … also Lotte, bring dem Kind bald mal das Wort ›Opa‹ bei«, meint er vorwurfsvoll und stiefelt eilig mit seiner Enkeltochter davon.

Lotte muss über diese kleine Eifersüchtelei ihres Vaters schmunzeln. Wenn sie zurückdenkt, war Emmas erstes Wort ›Baba‹ und nicht ›Mama‹, wie sie es sich erhofft hat. Dabei hatte sie ihrem Kind das Wort ›Papa‹ überhaupt nicht genannt, sondern immer nur Mama. Mit Dada scheint Emma alles zu meinen, was sie gerade sieht. Auch eine Katze heißt bei ihr Dada. Aber merkwürdigerweise kann sie Oma sagen, sogar mamam, wenn sie Hunger hat.

Lottes Eltern genießen die drei Tage mit ihrer Enkeltochter. Sie sind überglücklich, sie öfter für sich allein zu haben. Lotte und Julian kosten das natürlich aus, um Berlin unsicher zu machen. Bei ihren täglichen Spaziergängen durch die

Millionenstadt spricht Julian das Thema Felizitas noch einmal an.

»Sag mal, mit wem soll sie nun Ähnlichkeit haben? Mit einem gewissen Fabian?«

»Wer? Karin?«

Julian schüttelt den Kopf. »Nein, nicht Karin. Die Kollegin von ihr meine ich«, und er hakt sich bei Lotte unter. Lotte kuschelt sich an Julian, während sie ›Unter den Linden‹ entlangspazieren.

»Ja, irgendwie schon. Fabian war ein ehemaliger Mitschüler aus dem Gymnasium, welches Karin und ich vor zehn Jahren besuchten. Er war in eine von uns verknallt, wir aber nicht in ihn. Schau mal, dort vorn ist schon das Brandenburger Tor.«

»Dann komm, mein Schatz, lass uns hindurch gehen.«

♥

Zurück nach Dubai – 26. Februar
Während Julian am Check-in-Schalter in der Schlange steht, wartet Lotte ungeduldig auf ihn. Nervös sieht sie immer wieder auf die Uhr. Zum Glück muss sie sich nicht allein die Beine in den Bauch stehen. Wenigstens ihre Mutter ist mit zum Flughafen gekommen, um sich hingebungsvoll ihrer Enkeltochter zu widmen. Lottes Vater dagegen glänzt mit Abwesenheit. Wie immer, denkt Lotte traurig. Er schob als Grund eine Schulkonferenz vor, bei der er als Direktor angeblich nicht fehlen durfte. Dabei weiß Lotte mit

ziemlicher Sicherheit, dass er sich nur vor der Abschiedszeremonie drücken will. Er würde das nie zugeben, doch Abschiede waren schon von jeher ein Gräuel für ihren Vater. Ganz anders ihre Mutter. Lotte lächelt bei dem Gedanken. Sie dreht sich zu ihrer Mutter um und sieht, wie fürsorglich sie mit Emma umgeht. Sie ist wirklich die beste Oma der Welt und Emma scheint das auch so zu sehen. Ein erneutes Jauchzen des Kindes ist der beste Beweis. Glücklich betrachtet Lotte diese kleine Szene und sagt in liebevollem Ton: »Mama, jetzt seid ihr dran, uns zu besuchen, und zwar bald. Wir bezahlen euch auch den Flug.«

»Darum geht es nicht, mein Kind, dafür reicht unser Geld gerade noch«, meint Lottes Mutter lächelnd und streichelt ihrer Tochter zärtlich die Wange. »Paps wird nicht frei bekommen. Wir müssen auf die nächsten Schulferien warten. Die sind erst in drei Monaten.« Sie seufzt.

»Dann komm allein. Er wird schon mal zwei Wochen ohne dich aushalten.«

»Ja, aber ...«

»Tut mir leid Mama, wir müssen los, unser Flug wird gerade aufgerufen.«

Da kommt auch schon Julian angerannt, nimmt seiner Schwiegermutter die Babyschale mit Emma ab und schnauft: »Ich hatte nicht mit solch einem Andrang gerechnet.«

»Ich auch nicht. Ich bekam langsam Panik, den Flug zu verpassen«, raunt Lotte ihm ins Ohr.

»Keine Zeit für Smalltalk – ciao Anna – Lotte, nun komm endlich!« Während Julian vorneweg läuft, nebenbei mit

Emma schäkert, umarmt Lotte ihre Mutter und meint noch: »Ciao, Mama, ich hab dich lieb, und herzliche Grüße an Paps, und bis bald.« Schon eilt Lotte ihrem Mann hinterher, dreht sich immer wieder um und winkt, bis sie die Abfertigung passiert hat.

Eine halbe Stunde später hebt die Maschine ab. Lotte atmet erleichtert auf, als sie ihre Tochter friedlich schlafen sieht. Mit etwas Glück wird sie erst in drei Stunden wieder wach, genau zu ihrer Mahlzeit.

Lotte lehnt sich zurück. Sie legt die Hand auf Julians Arm und lächelt ihn an. »Gib zu, es waren wunderbare Tage, auch die bei Karin.«

»Am besten hat es mir bei deinen Eltern gefallen.«

Julian sieht seine Frau an und zuckt mit den Schultern, als er hinzufügt: »Tut mir leid, aber mit deiner Freundin werde ich nicht richtig warm.«

»Weil sie womöglich lesbisch ist?«

»Quatsch!«, entgegnet Julian, »das wäre mir völlig egal. Denk nur an meinen Schulfreund Toni. Der ist auch homosexuell. Weiß gar nicht, ob er zurzeit liiert ist. Wirklich schade, dass wir ihn nicht besucht haben.«

»Ja, das ist schade – aber mal was ganz anderes. Wo ist eigentlich der gelbe Brief?«

»Hä? Welcher gelbe Brief?«

»Nun tu nicht so, als wüsstest du nicht, wovon ich spreche!«

»Keine Ahnung!« Julian sieht sie erstaunt an.

»Du sagst mir jetzt auf der Stelle, wo du diesen Brief hast, sonst schreie ich so laut, dass der Pilot notlanden muss!«

»Ach, deeen Brief meinst du.«

Lotte sieht Julian mit blitzenden Augen an, als sie antwortet: »Genau den. Also wo ist er? Und lass das Grinsen!«

»Warum fragst du mich das ausgerechnet jetzt – nach über einem Jahr? – Eigentlich müsste er in meinem grünen Sakko sein.«

»Aha, eigentlich – und uneigentlich!?«, fragt Lotte spöttisch. Sie betrachtet ihn von oben bis unten und sagt, dabei immer lauter werdend: »Die Jacke, die du anhast, ist braun, und im Gepäck sind nur eine blaue und eine schwarze. Also wo ist die grüne!«

»Psst, du weckst noch unsere Tochter auf«, flüstert Julian.

Lotte blickt zu Emma, die friedlich schläft. Sogleich wendet sie sich wieder Julian zu.

»Also?«

»Die hängt zu Hause in meinem Kleiderschrank. Glaube ich zumindest.« Julian sieht seine Frau nachdenklich an und zuckt mit den Schultern. »Musst dich also gedulden, mein Schatz.«

Lotte stöhnt auf. Aber scheinbar bleibt ihr nichts anderes übrig, als (un)geduldig der Landung entgegenzufiebern.

Glücklich gelandet

Lotte ist froh, dass es keinerlei Komplikationen gab. Weder während des Flugs, noch bei der Landung, und durch die Gepäckkontrolle kommen sie ohne Schwierigkeiten. Sogar Streiks gibt es nicht. Und Emma schläft. Das Personal weckt das Kind nicht einmal, als sie die Kontrolle passieren. Doch jetzt will Lotte nach Hause, denn sie hat nur ein Ziel – Julians grüne Jacke. So eilig wie heute hatte sie es noch nie nach einer Reise.

»Wo hast du unser Auto abgestellt?« Lotte hüpft aufgeregt von einem Bein auf das andere. Dabei sieht sie sich hektisch um. »Du stehst direkt davor, Süße«, raunt ihr Julian ins Ohr und gibt ihr einen Kuss. Dann öffnet er den Kofferraum. Während er das Gepäck einlädt, stellt Lotte die Schale mit Emma ins Auto, setzt sich neben ihr Kind und drängt Julian, endlich loszufahren.

Julian hat es überhaupt nicht eilig. Er weiß nämlich nicht, wie er seiner Lotte das mit dem Brief erklären soll …

5

Wo ist der Brief?

»Endlich«, ruft Lotte, als nach einer Stunde Autofahrt ihr Haus in Sicht ist. Sie wendet den Kopf nach hinten und lächelt ihre Tochter an, die vergnügt mit den Fingerchen spielt. »Na mein Schatz, freust du dich auch, dass wir wieder zu Hause sind?«

»Baba ... mamam ... «

»Ja, Mäusel, du hast Hunger. Mama gibt dir gleich was.«

Kurz darauf hält Julian auch schon an, springt aus dem Auto und nimmt den Koffer heraus.

Lotte hat Emma bereits im Arm. Eilig geht sie den Gartenweg entlang, schließt die Haustür auf und setzt wenige Sekunden später ihre Tochter ins Laufställchen. Emma beginnt zu weinen. »Mamam«, ruft sie quengelnd. Lotte drückt ihr einen Keks in die Hand. Nebenbei erwärmt sie ein Gläschen mit Spinat und Kartoffelbrei. Sie kann nicht verstehen, dass Emma dieses Essen besonders liebt. Lotte hat Spinat gehasst und es einmal sogar ihrem Vater ins Gesicht gespuckt. Lächelnd erinnert sie sich. Auch daran, dass ihr Vater das gar nicht lustig fand. Trotzdem bekam sie danach nur noch Kartoffeln mit Möhren und alles, was ihr schmeckte.

Während Lotte ihre Tochter füttert, kommt Julian von draußen herein und fragt: »Und, was essen wir? Hat uns Emma etwas übriggelassen?«

»Bist du verrückt!« Lotte hält den Löffel hoch. »Emma gibt

uns doch nichts von ihrem Lieblingsessen ab.«

Erst, als Emma zu weinen beginnt, meint Lotte zu Julian, während sie schnell den Löffel mit dem Spinat in Emmas Mund schiebt: »Mach mir bitte einen heißen Kakao, mehr brauche ich nicht. – Bin echt müde.«

Zwanzig Minuten später liegt Emma satt und frisch gewindelt im Bett. Sie schläft auch sofort ein. Am liebsten würde sich Lotte dazu legen. Sie gähnt. Ein letzter Blick auf ihre Tochter, dann verlässt sie auf Zehenspitzen das Kinderzimmer. Sie setzt sich zu Julian auf die Couch.

»Danke mein Schatz, den brauche ich jetzt wirklich«, und schon trinkt sie ein paar Schlucke von dem dampfenden Kakao. Schweigend genießen beide ihr Getränk. Julian natürlich sein Glas Milch.

Lotte stellt mit einem Ruck die Tasse ab, dreht sich zu Julian um und kräuselt die Stirn. »So, mein Liebling«, beginnt sie, »bevor ich es wieder vergesse. Hole doch endlich den Brief.«

»Brief, jaja … ich, ich …«

»Was soll das Gestotter? Ich kann deine grüne Jacke auch holen«, und schon ist Lotte im Schlafzimmer verschwunden. Julian stöhnt verzweifelt auf.

Lotte kommt zurück, lehnt sich an den Türrahmen und hält die Jacke mit einer Hand hoch. »Wo bittschön ist der Brief?«

»Das kann, das – das muss ich dir erklären«, beginnt Julian und geht langsam auf seine Liebste zu.

»Da bin ich ja mal gespannt«, antwortet Lotte und drückt Julian die Jacke in die Hand, während sie sich im Schneidersitz auf der Couch niederlässt. »Ich höre!«, flüstert sie mit drohendem Unterton.

Julian setzt sich, jedoch in die äußerste Ecke der Couch, denn er kennt seine Frau nur zu gut. Einen Ehekrach will er nicht riskieren. Und im Moment scheint Lotte auf Krach programmiert zu sein. Er sieht sie schuldbewusst an. Aber bevor er zu erzählen beginnt, atmet er noch einmal tief durch.

»Es ist ungefähr ein halbes Jahr her. Erinnerst du dich an die Geburtstagsfeier meines Chefs? Ich war auch eingeladen. Organisiert haben es seine Freunde. Ich hatte also keine Ahnung, was sie vorhatten.«

Lotte nickt. »Ich ahne es, denn Max lässt es gerne krachen.«

»Genau. Dafür kam er extra von der Dresdener Hauptstelle nach Dubai. Es war sein Fünfzigster, also ein runder Geburtstag. Ich hatte damals mein grünes Sakko an, das weiß ich noch sehr genau. Es war warm an dem Tag, ich zog es aus und hängte es über meinen Stuhl. Es ging an dem Abend sehr turbulent zu. Es gab Musik, es wurde getanzt und viel getrunken. Komischerweise schmeckte auch den arabischen Kollegen der Alkohol, obwohl sie ja eher dagegen sind. Zu später Stunde torkelte einer der Gäste vollkommen betrunken durch den Saal, fiel über meinen Stuhl und reiherte mein Jackett voll. Meinem Chef war das äußerst peinlich, und er bot mir an, es auf seine Kosten in die Reinigung zu bringen. Nach drei Tagen bekam ich es zurück. Ob da bereits der Brief weg war, kann ich dir nicht sagen, mein Liebling. Dass er fehlt, ist mir erst vor unserer Abreise nach Deutschland aufgefallen. Ich hätte das Sakko gerne mitgenommen, ließ es dann aber im Kleiderschrank. Insgeheim hoffte ich, dass du mich nicht nach dem gelben Brief fragen würdest.«

Lotte sieht ihren Göttergatten nur mit ernster Miene an. Auch Julian schweigt. Dabei ist sein Blick immer noch schuldbewusst auf seine Frau gerichtet.

Urplötzlich grinst Lotte, springt von der Couch hoch und baut sich, die Hände in die Hüften stemmend, vor Julian auf.

»Weißt du, wir werden uns doch deshalb nicht streiten. Du hast jetzt drei Möglichkeiten.«

»Drei Möglichkeiten?« Julian blickt sie irritiert an. »Welche denn?«

»Also«, beginnt Lotte und setzt sich auf Julians Schoß. Dabei legt sie einen Arm um ihn, bevor sie weiterspricht.

»Auch wenn es lange her ist, frage doch in der Reinigung nach – weißt du überhaupt den Namen der Reinigung?«

Julian zuckt mit den Schultern. »Keine Ahnung.«

»Macht nichts, das bekommst du raus, indem du deinen Chef anrufst. Bei der Gelegenheit kannst du ihn auch fragen, ob er womöglich den Brief an sich genommen hat, bevor er dein Sakko in die Reinigung gab ... hm, und die dritte Möglichkeit wäre: einer deiner Kollegen hat während der Geburtstagsfeier den Brief gefunden, weil er vielleicht aus der Jackentasche gerutscht war?«

Julian haucht seiner Lotte einen Kuss aufs Ohr und flüstert: »An dir kann sich Miss Marple ein Beispiel nehmen, aber ich werde gleich mal meinen Chef anrufen – danke mein Schatz.« Er schiebt Lotte behutsam von seinem Schoß und geht zum Telefon, denn übers Handy mag er kein Ferngespräch führen. Bevor Julian zum Telefonhörer greifen kann, läutet es bereits. Er nimmt ab und sagt nur: »Für dich, Lotte. Deine Freundin.«

»Um Himmelswillen, Karin! Die wollte ich doch sofort …« Lotte reißt ihm den Hörer aus der Hand.

Während sie am Telefon hängt – was erfahrungsgemäß Stunden dauern kann – geht Julian nach nebenan und versucht nun doch, seinen Chef übers Handy zu erreichen.

»Schade, ist aber nicht zu ändern. Wäre auch zu schön gewesen. Trotzdem danke, Chef. Der Brief ist einfach sehr wichtig für mich. Irgendwann erzähle ich Ihnen, warum.«

»Was erzählst du wem?« Lotte kommt gerade ins Zimmer. Julian winkt ab, wirft Lotte einen kurzen Blick zu und spricht wieder in sein Handy: »Ja, und die Unterlagen für meine Dienstreise schicken Sie mir in den nächsten Tagen zu? Super – Wann bin ich in China? – Ach, in drei Wochen, okay. Alles Gute Ihnen und viele Grüße an die Kollegen. Ich melde mich wieder. Bye.«

Julian legt auf und dreht sich zu seiner Frau um.

»War das dein Chef«, will Lotte wissen und kommt näher.

»Ja, es war mein Chef, aber sage mir lieber, was deine beste Freundin von dir wollte?«

»Sie hat sich einfach Sorgen gemacht, weil ich mich nicht, wie versprochen, bei ihr gemeldet habe. – Was schaust du so? Wir hätten ja auch abstürzen können.«

»Diese Hoffnung hast du ihr ja nun genommen.«

Julian grinst.

»Also Julian!« Lotte schüttelt den Kopf und sieht ihn vorwurfsvoll an. »Du kannst es nicht lassen.«

»Tut mir leid, so richtige Freunde werden wir wohl nie. Und sie hört es ja nicht.«

Lotte rollt nur mit den Augen. Dass Karin zu Emmas erstem Geburtstag kommen wird, erzählt sie ihm lieber noch nicht. Stattdessen fragt sie: »Hast du dich bei deinem Chef nach dem Brief erkundigt?«

»Nach welchem Brief? – Ach ja, habe ich.« Julian grinst und nickt heftig.

»Max hatte leider keinen Brief gefunden, weder in der einen noch in der anderen Tasche meines grünen Sakkos. Aber die Telefonnummer der Reinigung konnte er mir nennen. Dort werde ich mich erkundigen. Und dass ich in drei Wochen wieder auf Dienstreise gehe, hast du ge…«

»Habe ich, mein Lieber«, sie gibt ihm einen Kuss auf die Nasenspitze. »Mir ist klar, dass ich mit einem reiselustigen Mann verheiratet bin.«

Lotte lacht und fügt augenzwinkernd hinzu: »Schließlich habe ich vorher gewusst, auf was und auf wen ich mich einlasse – und weißt du, mein Schatz, ich bin ganz gern mal allein. Obwohl …« Sie lächelt.

»Ganz allein bin ich ja gar nicht«, und schon geht sie in Richtung Kinderzimmer. Lotte öffnet die Tür einen Spalt breit, wirft einen Blick auf Emmas Bettchen und schließt die Tür sofort wieder. Sie geht zurück zu ihrem Mann, der gerade den Telefonhörer auflegt. »Auch in der Reinigung ist der Brief nicht«, sagt er schulterzuckend. Dabei sieht er Lotte nachdenklich an, legt seinen Kopf etwas schräg und fragt unvermittelt: »Weißt du, was mir grade wieder einfällt? Hast du Karin gleich mal gefragt, ob sie lesbisch ist?«

»Ob sie was?« Lotte klappt die Kinnlade herunter. »Ich kann sie doch nicht fragen, ob sie auf Frauen steht.«

»Warum nicht. Du bist ihre beste Freundin.« Julian sieht sie feixend an.

Energisch abwinkend lässt Lotte ihren Göttergatten stehen und geht in die Küche. Schlafen gehen kann sie jetzt nicht mehr, dazu ist sie zu aufgedreht. Sie nimmt eine Flasche Wein aus dem Kühlschrank und schnappt sich zwei Gläser. Damit geht sie auf die Terrasse. Verträumt geht ihr Blick zum Horizont, an dem Himmel und Erde mit einem roten Sonnenball zusammentreffen. Julian, der seiner Frau gefolgt ist, nimmt ihr die Flasche ab, füllt jedes Glas zur Hälfte und reicht ihr eins. Er prostet ihr zu. Dabei sieht er sie leicht herausfordernd an. – Er seufzt. »Nun sei nicht beleidigt, du weißt, wie ich es meine.«

Lottes Miene bleibt ernst, sie trinkt einen Schluck von dem köstlichen Dessertwein, stellt das Glas ab und sagt: »Du kannst beruhigt sein, mein Lieber, Felizitas ist tatsächlich nur Karins Kollegin, mit der sie sich ausgezeichnet versteht. Ob Felizitas einen Freund hat, das weiß ich nicht. Dafür hat mir Karin etwas über sich verraten. Sie ist seit vier Wochen mit einem Architekten liiert. Hat ihn wohl in ihrer Bibliothek kennengelernt.«

»Ach, auch so ein Bücherwurm, wie deine Karin«, spottet Julian. Lotte schnappt hörbar nach Luft, bevor sie antwortet.

Dabei sieht sie ihn zornig an. »Er suchte ein bestimmtes Buch, das ihm Karin dann über sieben Ecken beschafft hat. Als Dank dafür lud er sie zum Essen ein, und nun sind sie ein Paar. – Zufrieden?«

»Ist ja gut. Hätte doch sein können, dass sie vom anderen Ufer ist?«

Lotte winkt verärgert ab. »Wann wirst du endlich anfangen, meine Freundin zu mögen?«

»Ich mag sie ja, ein kleines bisschen wenigstens, aber der Brief macht mir mehr Kopfzerbrechen, als das Liebesleben deiner Freundin. Wo kann der nur sein?«

Auch drei Wochen später, vor Julians Abreise nach China, ist der Brief noch nicht aufgetaucht.

»Hast du mein gestreiftes Hemd gebügelt«, ruft Julian aus dem Schlafzimmer und stopft seine verschiedenfarbigen Socken in alle Lücken seines Koffers.

»Du und dein gestreiftes Hemd«, ruft Lotte zurück. »Natürlich, was denkst du denn, ich habe alle deine Sachen gebügelt. Aber meinst du nicht, dass du dir bald bügelfreie Hemden zulegen solltest?«

»Jaja«, sagt er gedehnt und drückt mit beiden Händen seine Sachen in den Koffer. Es geht noch etwas rein, denkt er und ruft: »Schatz, kannst du mir bitte mein gelbes Sakko holen, es hängt in meinem Arbeitszimmer.«

Zwei Sekunden später legt Julian das Sakko zusammen und stutzt. »Moment«, raunt er und fühlt die Innentasche ab. »Das gibt es doch nicht! Hier, schau mal, was ich habe.«

Lotte, die gerade dabei ist, das Lunchpaket für Julian zusammenzustellen, kommt angerannt. Verblüfft schaut sie ihn an. Er hält einen gelben Brief hoch. In dem Moment klingelt es, und das Taxi ist da.

Julian wirft den Brief in den Koffer und macht diesen zu. Er umarmt Lotte, die ihm in letzter Sekunde das Lunchpaket zusteckt und ruft ihr noch zu: »Gib Emma einen dicken Kuss von mir und bis in einer Woche. Ich liebe euch!«

»Aber der Brief …« Mehr bringt Lotte nicht hervor. Jetzt muss sie eine ganze Woche darauf warten.

6

Endlich – Julian ist zurück

26. März – Lotte ist ganz aufgeregt. »Heute kommt Papa zurück«, sagt sie fröhlich und schiebt ihrer Tochter noch einen Löffel Grießbrei in den Mund.

»Baba, mamam«, brabbelt Emma immer wieder und haut mit beiden Händchen auf die Tischplatte des Kinderstühlchens, einem Geschenk der Großeltern. Lotte denkt an den Besuch ihrer Eltern, die völlig überraschend am Tag von Julians Abreise aufgetaucht waren. Natürlich war Lotte erfreut darüber, aber auch etwas traurig. Denn genau einen Tag vor Julians Rückkehr mussten sie wieder nach Hause fliegen. Ihr Vater hatte Hin- und Rückflug zugleich gebucht. Er ist immer sehr pragmatisch, denkt Lotte, denn ihre Mutter wäre gerne länger geblieben. Lotte seufzt. Auch sie wäre darüber froh gewesen.

Emma scheint satt zu sein, jedenfalls haut sie jetzt auf den Löffel.

»Na danke, meine Süße«, murmelt Lotte und bückt sich. Dann hebt sie Emma, die nun schon elf Monate alt ist, aus dem Stühlchen, nimmt ihr das Lätzchen ab und geht mit ihr ins Kinderzimmer. Auf dem Weg dorthin macht die Kleine ihr ›Bäuerchen‹, sodass Lotte sie sofort auf den Wickeltisch legen kann. »Oh, du bist ja noch trocken«, ruft sie erfreut und setzt Emma sogleich aufs Töpfchen.

Seit Emma sitzen kann, hat es Lotte immer wieder versucht, aber bis jetzt ohne Erfolg.

»Du musst Geduld haben«, hat ihre Mutter ihr geraten. Dabei ist Geduld nicht gerade Lottes Stärke.

Während Emma auf dem Nachttopf sitzt und mit einem Beißring ihren Kiefer bearbeitet, räumt Lotte den Wickeltisch ab. Sie sieht zu ihrer Tochter rüber und bemerkt, dass die Kleine drückt. Das wäre ja zu schön, um wahr zu sein, denkt sie hoffnungsvoll und nimmt kurz darauf Emma vom Topf. Sie jubelt: »Emma, mein Schatz, das muss ich gleich in den Kalender eintragen. Dein erstes großes ›Geschäft‹.« Sie gibt ihr einen dicken Kuss. Emma strampelt wild mit den nackten Beinchen.

»Ja meine Süße, ich mache dir gleich den Po sauber.«

Kaum ist Emma frisch gewindelt, kann sie auch schon ihren Mittagsschlaf beginnen. Lotte sieht auf die Uhr, bevor sie Emma ins Bettchen legt. »Mäusel, in zwei Stunden ist der Papa da. Freust du dich auch so sehr?« Liebevoll deckt sie ihre Tochter zu. Lotte geht zur Tür und bevor sie das Kinderzimmer verlässt, dreht sie sich noch einmal um.

»Papa«, kommt es ganz deutlich aus dem Bettchen.

»Noch etwas für den Kalender.« Lotte schließt mit einem glücklichen Lächeln die Tür von außen.

Nachdem sie die Küche aufgeräumt hat und sicher ist, dass Emma eingeschlafen ist, legt sie sich auch etwas hin. Sie möchte nur ein wenig ruhen. Obwohl sie es nicht will, schläft sie ein und wird nicht einmal munter, als Julian sie anspricht. Lächelnd betrachtet er seine Frau, die mit einem zufriedenen Gesichtsausdruck auf der Couch liegt. Er schaut auf die Uhr. Kaffeezeit, denkt er und bereitet alles für eine gemütliche

Vesper vor. Er hat gerade den Tisch auf der Terrasse gedeckt; jetzt im März herrschen in Dubai Temperaturen um die 27 Grad; als Lotte in der Tür erscheint und verschlafen fragt: »Seit wann bist du denn hier?«

»Das nenne ich mal eine Begrüßung.« Julian geht grinsend auf Lotte zu.

»Entschuldige«, erwidert sie, »aber ich wollte dich doch gebührend empfangen.«

Sie umarmen und küssen sich.

»Das ist doch nicht wichtig, mein Schatz – schläft Emma?«

»Ja, unsere Tochter schläft, und ich habe dir Neuigkeiten zu berichten. Du wirst Augen machen.«

»Da bin ich aber gespannt, doch jetzt setze dich erst einmal.«

Lotte und Julian genießen den Kaffee, chinesisches Gebäck und die Schokotorte, die Lotte extra zur Feier des Tages gebacken hat. Julian berichtet von seiner Arbeit und Lotte erzählt, dass Emma nun aufs Töpfchen geht und Papa sagt.

»Ganz deutlich sogar«, betont die stolze Mama.

Julian springt auf, doch Lotte hält ihn am Arm zurück.

»Lass sie schlafen. Packe lieber den gelben Brief aus. Ich weiß, dass du ihn hast, also keine Ausflüchte. Ich will endlich wissen, was du vor einem Jahr auf die Karte geschrieben hast.«

»Wie kann man nur so neugierig sein«, stellt Julian scherzhaft fest und holt seinen Koffer. In Zeitlupe öffnet er ihn und nimmt den Brief heraus. »Hier, meine Liebe, nun darfst du ihn aufmachen.«

Lotte entreißt ihm das Kuvert, öffnet es gleich mit dem

Kuchenmesser und macht es sich auf dem Liegestuhl bequem. Sie fasst in den Umschlag, zieht die Karte heraus und starrt entgeistert auf die Zeilen. Dann sagt sie perplex: »Ist das etwa alles?«

»Was hast du erwartet?«

Lotte betrachtet noch einmal die Karte. »Hör mal, was ich geschrieben habe: ›Ich habe mein Glück gefunden und zwar in doppelter Hinsicht. Julian und das Baby sind mein größter Gewinn, mein größtes Glück‹ – und was schreibst du? – einfach nur ›Glück gehabt!‹ – ich fasse es nicht – kannst du mir sagen, was das zu bedeuten hat?«

»Bitte beruhige dich. Ich kann dir alles erklären.«

Julian legt seine Hand auf Lottes Arm. Dann sagt er: »Du fragst dich doch bestimmt, wer diesen Brief geschrieben und in unseren Briefkasten gesteckt haben könnte?«

Lotte nickt heftig. »Klar frage ich mich das, obwohl ich meine, dass es ein Scherzkeks war.«

Julian sagt kein Wort.

Lottes Augen beginnen zu funkeln. »Jetzt sage nicht, dass du es warst. Warst du dieser Scherzkeks?«

Julian sieht sie weiterhin schweigend an.

»Das ist jetzt nicht wahr«, sprudelt es aus Lotte heraus, und sie geht Julian an die Gurgel.

»Erbarmen«, bettelt er und hebt beide Arme hoch. »Ich ergebe mich!«

Lotte lässt sofort von ihm ab.

»Kannst du mir erklären, wie man auf solch eine Schwach-Sinns-Idee kommen kann?«, fragt sie nun etwas leiser und zeigt Julian einen Vogel.

»Was heißt Schwach-Sinns-Idee? Wer wollte denn immer einen großen Gewinn bekommen? Das warst doch du, oder?«, fragt Julian herausfordernd. Lotte antwortet nicht. Ihre Miene wirkt versteinert. *Woher weiß er ...*

»Deshalb kam ich auf die, für meine Begriffe, Super-Idee mit diesem Brief.«

»Moment«, unterbricht ihn Lotte. »Woher ... weißt du von meinem Wunsch, einen großen Gewinn zu bekommen?«

»Ich habe mal ... «, Julian hält inne – »willst du gar nichts mehr über den gelben Brief erfahren?«

»Natürlich – erzähle.« Lotte streicht sich eine Haarsträhne aus der Stirn.

»Also, bevor ich damals in die Schweiz fuhr, steckte ich den gelben Umschlag – gelb deshalb, weil es deine Lieblingsfarbe ist, naja meine ja auch – in unseren Hausbriefkasten. Ich hoffte ... nein, ich wusste, dass du die Post rausnimmst. Deshalb war ich mir ziemlich sicher, dass du mir bei meiner Rückkehr den Brief präsentieren würdest. Ich ahnte ja nicht, dass alles anders kommen würde.«

»Soso, darum auch die Blockschrift«, sinniert Lotte.

»An meiner Schrift hättest du gleich gewusst ...«

»Schrift kann man deine Sauklaue ja nicht nennen, aber stimmt – geahnt hätte ich zumindest etwas.«

»Na siehst du – aber deshalb meine Schrift als Sauklaue zu bezeichnen, ist nicht gerade nett«, schmollt Julian.

»Was ich nicht verstehe«, wechselt Lotte rasch das Thema, »was meinst du mit ›Glück gehabt‹?«

»Mit allem, meine liebste Lotte, mit allem.«

»Mit allem? Ich habe keine Lust auf deine Ratespiele. Jetzt sag endlich, was du sagen willst!«

»Ganz einfach, ich hatte pures Glück, dich kennengelernt zu haben – Glück, dass du mir meinen Seitensprung …«

»Also doch, du Schlawiner!«

»Natürlich nicht, das war nur Spaß!« Julian lacht. »Du kennst mich doch.«

»Eben!« Lotte knufft ihn in die Seite.

»Was soll das denn heißen?« Julian schüttelt den Kopf. Dann nimmt er Lotte in den Arm und sagt: »Du weißt, dass ich nur zwei Frauen liebe.« Er küsst sie zärtlich auf den Mund. »Dich und Emma.«

Bevor Lotte etwas erwidern kann, fügt er hinzu: »Aber mal im Ernst, meine liebe Charlotte, mit ›Glück gehabt‹ meine ich: Ich habe einfach Glück mit dir, mit unserer Emma und mit vielleicht noch weiteren Kindern?« Er drückt sie fest an sich.

»Ein Geschwisterchen für Emma?«, fragt Lotte leise, aber mehr zu sich selbst. Genau in dem Augenblick hören sie: »Baba, Dada, Papa, mamam, Papa …«

Julian lässt alles stehen und liegen.

Er kommt nach ein paar Minuten mit Emma auf dem Arm zurück. Lotte steht auf, geht auf Julian zu und umarmt mit einem zufriedenen Lächeln ihre kleine Familie.

7

Emmas erster Geburtstag

19. April – »Wo ist die Gästeliste?« Lotte ist ganz aufgeregt und durchsucht sämtliche Schubkästen.

»Liegt die nicht in Emmas Zimmer?« Julian steckt kurz den Kopf zur Küche herein.

»Machst du Witze?« Nur Sekunden später taucht Lotte mit hochrotem Gesicht im Kinderzimmer auf, wo Julian drüber her ist, viele bunte Luftballons an den Wänden anzubringen.

»Huch, da ist sie ja.«

Julian sieht seiner Frau lächelnd hinterher. Er kennt ihre Aufregung vor Feierlichkeiten nur zu gut. Immerhin steht Emmas erster Geburtstag an.

Zum Glück ist die Kleine bis zum Fest in der Obhut seiner Schwiegereltern, die schon seit einer Woche da sind und eine Ferienwohnung bezogen haben. Sie wollten es so, um mehr Zeit allein mit ihrer Enkeltochter verbringen zu können. Julian seufzt und lässt seinen Blick über die luftballongeschwängerte Wand schweifen. »Fast fertig«, murmelt er, macht einen Schritt zurück und entdeckt noch eine Lücke. Zum Glück hat er noch einen Luftballon. Dann betrachtet er wohlwollend sein Werk. »Geschafft!«

Selbstzufrieden klopft er sich auf die Schulter.

In dem Moment erscheint Lotte. »Wow, das sieht ja umwerfend aus. Danke, mein Schatz, du bist der Beste!«

»Hoffentlich sieht das unsere Tochter auch so. Lange wird es bestimmt nicht so schön aussehen.«

»Ach Julian, es kommen doch nur Erwachsene. Karin wird erst in sechs Monaten Mama.«

Julians Kopf schnellt herum. »Bringt deine Freundin etwa ihren Lover mit?«

»Lover – wie das klingt. Und ja – sie bringt ihn mit. Außerdem sind sie verlobt, falls dir das entgangen sein sollte.«

»Ist ja gut«, nuschelt Julian.

»Übrigens kommen sie in circa zwei Stunden. Meine Eltern holen sie vom Flughafen ab. Besonders freue ich mich auf Emma.«

»Ich auch«, meint Julian. »Aber sag mal, wer kommt eigentlich alles zur morgigen Fete unserer Prinzessin?«

»Warte.« Lotte holt die Gästeliste.

»Es kommen meine Eltern, Karin mit Robert …«

»Ach Robert heißt ihr Galan.«

»Ich geb's auf!« Lotte schüttelt genervt ihren Kopf.

Julian grinst nur.

Lotte hebt warnend ihren Zeigefinger, bevor sie weiterspricht. »Jetzt unterbrich mich nicht gleich wieder – außerdem kommen Felizitas mit ihrem Freund Paul, dein Chef Max mit seiner Petra und meine Kollegin Jenny. Ihr Freund ist leider verhindert. Wir sind elf Personen plus Emma als Gastgeberin … also summa summarum: zwölf. – Oje, fast hätte ich Toni vergessen. Der kommt auch, aber erst morgen, somit sind wir dann genau dreizehn. – So, jetzt gehe ich in die Wanne.«

»Warte, ich komme mit«, ruft Julian seiner Frau hinterher und lässt auch schon seine Sachen fallen.

♥

Während Lottes Eltern in der großen Empfangshalle am
Flughafen auf die Ankunft von Karin und Robert warten,
trägt Opa Hans seine Enkelin spazieren.

»Oma«, brabbelt Emma und haut ihrem Opa ins Gesicht.

»Wenn du mich schon schlägst, kleine Emma, dann sage wenigstens Opa zu mir.« Er sieht seine Enkeltochter etwas vorwurfsvoll an.

Emma jauchzt vergnügt und holt erneut aus. Hans hält die
kleine Kinderhand fest. Mit ernster Stimme spricht er mit
seiner Enkelin. »Emma, sieh mich bitte an – sage mal O-Pa,
O-Pa.«

Emma starrt auf seinen Mund. Hans hält immer noch ihre
Hand fest und wiederholt langsam: »O-Pa«.

»Lass doch das Kind in Ruhe«, schimpft Oma Anna plötzlich und nimmt ihm Emma einfach weg.

»Ist ja schon gut«, gibt Hans sich geschlagen. Wenn seine
Frau so energisch mit ihm spricht, hat er keine Chance. Um
das Thema zu wechseln, sagt er jetzt zu ihr: »In fünf Minuten
landen sie – schau, auf der Anzeigetafel wird es angekündigt«.

»Gleich kommt Tante Karin, mein süßer Schatz«, wendet
sich Anna an ihre Enkeltochter und setzt diese auch schon
in den Kinderwagen.

»Opa«, kommt es in dem Moment aus dem Mund des Kindes. Sofort ist der Opa da. Emma streckt ihm die Ärmchen
entgegen und Opa ist geneigt, sie aus dem Wagen zu heben,

doch ein strenger Blick seiner Frau lässt ihn zögern.

»Emma muss nicht immer ihren Willen kriegen«, zischt Anna ihm ins Ohr. Er winkt ab, hockt sich neben den Wagen und während er mit ausgestrecktem Arm auf die Abfertigung zeigt, flüstert er: »Emma, gleich kommt Tante Karin. Die nimmt dich dann raus.«

♥

»Lotte, was soll das? Warum hast du abgeschlossen? Ich will auch in die Wanne und zwar mit dir.«

»Julian, jetzt nicht. Hast du schon die Gästezimmer für Karin, Robert, Felizitas und Paul fertig? Lüfte doch noch mal durch. Es ist nur noch eine Stunde, bis sie ... Hilfe, alles rot!«

Julian, bereits auf dem Weg zu den Gästezimmern, horcht auf. Was war das eben? Er macht kehrt, klopft an die Badezimmertür und ruft: »Was ist, Lotte, ist was passiert? – Lotte mach die Tür auf! Sofort! – Oder soll ich sie eintreten?« Der Riegel wird bewegt. Julian drückt die Klinke herunter und öffnet die Tür. Er sieht eine tränenüberströmte Lotte am Fußboden kauern.

»Herrje, was ist los«, ruft Julian entsetzt und hockt sich neben seine Frau. Lotte weint bitterlich. Sie lehnt ihren Kopf an seine Schulter. Julian legt einen Arm um Lotte und drückt sie an sich. »Was ist los?«, fragt er noch einmal, als sein Blick auf das Urin-Teststäbchen fällt. Er neigt sich etwas zur Seite und nimmt das Stäbchen in die Hand. Es dauert einen Moment, bis Julian begreift. »Du bist schwanger? – Emma bekommt ein Geschwisterchen? – Wow!«

Lotte versetzt ihm einen Stoß, springt auf und schreit: »Das ist alles, was du dazu sagen kannst? Spinnst du? Wer denkt an mich? Ich will jetzt nicht schwanger sein, hörst du?« Dann rennt sie aus dem Bad und schließt sich in ihrem Arbeitszimmer ein.

Julian kennt seine Lotte nur zu gut. Er lässt sie jetzt einfach in Ruhe. Oft dauert es nicht einmal eine Stunde und Lotte ist wieder die Alte. Doch diesmal scheint die Lage ernster zu sein, überlegt Julian. Er steht auf und kümmert sich jetzt erst einmal um die Gästezimmer. Nachdem er damit fertig ist und noch immer nichts von Lotte hört, geht er zur Tür ihres Arbeitszimmers und horcht. Zuerst hört er nichts, dann vernimmt er ein leises Schluchzen. Er klopft. »Lotte, lass mich bitte rein.«

»Ich denke gar nicht daran – verschwinde!«

Julian lässt resigniert die Schultern sinken. Plötzlich hellt sich sein Gesicht auf. Karin, denkt er. Nur sie kann jetzt helfen. Und zum ersten Mal freut sich Julian auf Lottes beste Freundin.

Er schaut auf die Uhr. Sie müssten gleich eintreffen. Da hört Julian ein Auto aufs Grundstück fahren.

»Lotte, sie kommen«, ruft er und rennt die Treppe hinunter. Kaum hat er die Haustür aufgesperrt, kommt ihm Karin mit Emma auf dem Arm entgegen. »Hallo Prinzessin«, freut sich Julian und nimmt ihr Emma ab. »Danke Karin.«

»Grüß dich Julian, wo ist Lotte?« Karin lächelt ihn an, was er irritiert wahrnimmt.

»Lotte hat sich in ihrem Arbeitszimmer eingeschlossen. Sie ist völlig zerknirscht. Kannst du dich bitte kümmern? – Du weißt ja, wo ihr Zimmer ist.« Und ehe sich Julian versieht, stürmt sie die Treppe hinauf.

Nur wenige Sekunden später hört er, wie sich die Tür im oberen Stockwerk öffnet.

Gedankenverloren wendet er sich zur Haustür und geht mit Emma hinaus. Seine Schwiegermutter kommt ihm mit einer großen Reisetasche entgegen.

»Wo sind die anderen?«, will Julian wissen.

»Die kommen erst am Abend mit dem Flieger an. – Dir übrigens auch einen wunderschönen Tag, mein Lieber«, antwortet sie und sieht sich nach Opa Hans um, der etwas aus dem Kofferraum nimmt.

»Was hast du hier drin? Steine?«, wendet sich Julian jetzt direkt an seine Schwiegermutter. Er bleibt abwartend neben ihr stehen. »Komm, wir tauschen.« Schon greift er nach ihrer Tasche.

Glücklich nimmt sie ihm Emma ab. Dabei flüstert sie ihm zu: »Ein Schaukelpferd für unsere Süße, und Holzbausteine.«

»Das ist ja schön«, flüstert Julian augenzwinkernd zurück, »aber auch schwer – und was schleppt der Opa an?«

»Geht dich nichts an, lieber Julian. Du hast schließlich nicht Geburtstag«, antwortet Hans, während er mit einem Riesenkarton an seinem Schwiegersohn vorbeigeht. Julian schüttelt lachend den Kopf, um dann gemeinsam mit Oma Anna und Klein-Emma das Haus zu betreten.

In dem Moment kommen Lotte und Karin kichernd die

Treppe heruntergelaufen. Lotte ist der Ärger von vorhin nicht mehr anzumerken. Julian wirft Karin einen fragenden, aber auch dankbaren Blick zu.

Im Vorbeigehen sagt sie nur: »Alles wieder im grünen Bereich, Julian, du musst mit ihr sprechen.«

Die Fete steigt

»Ist unsere Emma nicht goldig«, fragt Lotte voller Stolz in die Runde.

»Bei der hübschen Mutter kein Wunder«, kommt es von Seiten der fünf männlichen Gäste.

»Na, na, na«, protestiert Julian und streckt die Brust heraus. »Ihr habt wohl vergessen, dass nur der Vater zur Schönheit seines Kindes beiträgt.«

»Wie konnten wir nur«, bemerkt Karin mit leichtem Spott in der Stimme, sodass Lotte unwillkürlich die Luft anhält. Doch im nächsten Moment lacht Karin, klopft Julian auf die Schulter und sagt: »Stimmt, deine Gene geben meinem Patenkind das gewisse Etwas.«

»Danke Karin«, kommt es erleichtert von Julian.

»Da hast du ja noch die Kurve gekriegt«, flüstert Lotte ihrer Freundin zu, die verschmitzt in sich hinein lächelt, weil sie Julian inzwischen ganz nett findet. Sagen muss sie es ja nicht. Lotte dreht sich nun zu ihrem Mann um. Augenzwinkernd meint sie: »Hast recht, mein Schatz, ohne dich hätten wir nicht solch eine zauberhafte Tochter. – Was hältst du von einem Foto? Nur wir Drei?«

Julian nickt und, als hätte sie es gehört, erscheint Oma Anna mit Emma auf der Bildfläche. Lotte streckt beide Arme nach ihrem Kind aus. »Komm zu Mama, mein Engel.«

Nachdem Max mehrere Fotos von der kleinen Familie geschossen hat, wollen nun alle aufs Bild.

Auch für das Gruppenfoto stellt sich Max als Fotograf zur Verfügung. »Ich bin nicht fotogen«, wehrt er lachend ab, als Lotte den Selbstauslöser präparieren und Max neben seiner Frau platzieren will. Als sie merkt, dass das keinen Zweck hat, macht sie heimlich ein Foto von ihm und Petra – gedacht als persönliches Geschenk für die beiden Freunde.

Die Feier ist noch in vollem Gange, als Emma bereits im Bettchen liegt. Es dauert gar nicht lange, und sie ist eingeschlafen. Es war ja auch ein aufregender Tag für eine Einjährige. Ihre Eltern schleichen sich aus dem Kinderzimmer. Lotte will auch gleich wieder zu den Gästen eilen, doch Julian hält sie zurück.

Sie sieht ihren Mann fragend an.

»Lotte, wir müssen reden. Was ist mit deiner Schwangerschaft? Wie weit …?«

Sie winkt ab. »Ach weißt du, ich müsste schon im fünften Monat sein und habe nichts gemerkt.«

Sein Gesicht ist ein einziges Fragezeichen.

»Sowas kann vorkommen«, sagt Lotte schulterzuckend. »Gleich Montag gehe ich zum Arzt. – Versprochen! – Aber jetzt sollten wir unseren Besuch nicht warten lassen.«

»Du hast recht, meine Liebe, wie immer.« Er sieht ihr lächelnd nach und kann sein Glück kaum fassen. Vielleicht wird es diesmal ein Junge, denkt er hoffnungsvoll und sogleich entstehen Bilder in seinem Kopf ... er sieht sich schon mit seinem Sohn über den Fußballplatz flitzen. Erst als Lotte ihn ruft, gesellt auch er sich wieder zu den Gästen.

Bis zwei Uhr in der Früh wird lustig weitergefeiert. Erst um drei tritt langsam im gesamten Haus Ruhe ein. Nur Lotte, Karin, Felizitas und Jenny bleiben noch etwas länger wach. Als auch sie schlafen gehen; am Horizont zeigt sich schon der Sonnenaufgang; bleibt von der Geburtstagsfeier nur noch eine herrlich bunte Luftballonwand übrig.

8

Die letzten Tage in Dubai

Und wieder ist Dezember – »Hättest du es für möglich gehalten, dass drei Jahre so schnell vergehen?«, fragt Lotte beim Betrachten der Fotos.

»Niemals«, antwortet Julian, der mit dem bald anderthalbjährigen Niklas auf dem Arm hereinkommt. Er stellt seinen Sohn ab, setzt sich neben Lotte auf die Couch und schaut interessiert in das Fotoalbum. Während Lotte Seite für Seite umblättert, spricht sie munter weiter. »Ich würde gerne noch bleiben. Mindestens ein Jahr.« Sie stutzt.

»Sage mal, war nicht mal die Rede von vier Jahren?«

Julian sieht sie an und nickt. »Der Chef sprach damals von drei bis vier Jahren, nun sind es nur drei geworden – auch gut. Ich bin jedenfalls froh, bald wieder zu Hause zu sein.«

»Trotzdem!« Lotte zieht einen Flunsch. »Ich vermisse meine Kollegen jetzt schon, besonders Jenny – schau mal, Julian, dieses Foto ist von meiner letzten Betriebsfeier. Jenny und ich hatten diese Feier organisiert.«

»Ich weiß«, antwortet Julian schmunzelnd.

»Schließlich musste ich dich, mein süßer Schatz, um Mitternacht abholen.« Er streichelt zärtlich ihre Wange. »Weil du nicht mehr geradestehen konntest«, fügt er hinzu, und muss nun lachen.

Lotte seufzt.

»Erinnere mich nicht daran – aber weißt du, Jenny ist für mich fast solch eine Freundin wie Karin. Ich habe beide gleich gern. Obwohl sie sich im Charakter überhaupt nicht ähneln.« Sie sieht ihn nachdenklich an. »Doch Jenny ist auch so besessen wie ich.«

»Besessen? Wovon?«, fragt Julian erstaunt.

Lotte betrachtet ihn verlegen von der Seite. »Na ja, wie soll ich das sagen? – Bitte, versprich mir, mich nicht wieder auszulachen.«

»Ich lache dich nie aus, wie kommst du darauf?«

»Das Wort ›nie‹ solltest du aus deinem Vokabular streichen, mein Lieber.« Bevor er was erwidern kann, spricht sie rasch weiter. »Besessen deshalb, weil Jenny, so wie ich, ganz wild auf einen großen Gewinn ist.«

»Du sprichst die Sache mit den Rubbellosen an?« Jetzt lacht Julian doch.

»Ich wusste es!« Lotte macht das Fotoalbum mit einem lauten Knall zu. Erschrocken kommt Niklas mit tapsigen Schritten näher.

»Keine Angst, mein Kleiner.« Und schon nimmt Julian seinen Sohn auf den Schoß. »Mama macht nur Spaß.«

»Spaß! Dass ich nicht lache … glaube deinem Vater kein Wort!«

Niklas rutscht von Papas Schoß, um sich sogleich auf das Schaukelpferd zu setzen. Jedenfalls versucht er es. Julian ist seinem Sohn behilflich. Als er das bunte Holzpferd ein paar Mal angeschubst hat, wendet er sich wieder seiner Frau zu, die ihn mit finsterer Miene betrachtet.

»Lotte, ich …« Julian lacht. »Ich ahnte lange nichts von deinem Wunsch, einen großen Gewinn machen zu wollen. Erst, als ich solch ein Rubbellos fand – ich glaube, es lag im Flur unterm Läufer – zählte ich eins und eins zusammen. Das brachte mich damals auf die Idee mit dem gelben Brief. Aber das weißt du ja inzwischen. – Was hat das jetzt mit deiner Kollegin zu tun?« Er versucht, ernst zu bleiben.

»Nichts!« Lotte erhebt sich und verstaut das Fotoalbum in einem der vielen Umzugskartons, um die sich am nächsten Tag eine Speditionsfirma kümmern wird.

Sie ist froh, dass Emma bereits bei ihren Eltern in Berlin ist. So brauchen sie nur mit Niklas und mit leichtem Gepäck die Rückreise nach Deutschland anzutreten.

Nur noch zwei Tage, dann heißt es für immer, Abschied zu nehmen, denkt Lotte traurig.

Aber heute kommt Jenny noch einmal für einen letzten Spieleabend vorbei. Sogar ihr Freund Tarek ist diesmal mit von der Partie. Bisher hatte er nämlich nie Zeit.

Lotte ist schon ganz aufgeregt, so sehr freut sie sich auf diesen Abend. Sie bereitet alles dafür vor, und zwar mit reichlich Getränken, köstlichem Fingerfood und selbstgemachtem Hummus, ein Essen, was sie liebgewonnen hat. Und die passende Begleitmusik darf natürlich auch nicht fehlen. Jenny bringt, wie immer, die Rommé-Karten mit.

Gleich bei der Begrüßung verkündet Tarek, nicht lange bleiben zu können, was Lotte überhaupt nicht wundert. Kommt bei ihm doch stets etwas dazwischen.

Nach drei Stunden gemeinsamer Fröhlichkeit nehmen Lotte und Jenny schweren Herzens voneinander Abschied. Sie umarmen sich ein allerletztes Mal. Zumindest denkt Lotte das. Jenny steckt ihrer Freundin heimlich etwas zu. Weder Lotte noch Julian bekommen davon was mit.

9

Daheim ist Daheim

In Dresden – »Ich bin richtig froh, wieder in Deutschland zu sein, vor allem in unserer gewohnten Umgebung«, meint Lotte, während sie dabei ist, ihre Blusen und Jacken in den Kleiderschrank zu räumen.

»Ich auch«, antwortet Julian. »Daheim ist eben doch Daheim … ich bin nur erstaunt, dass Karin alles so gelassen hat.«

»Wie gelassen hat, was meinst du?« Lotte nimmt das letzte Kleidungsstück, ihre Lieblingsjacke, aus dem Koffer.

»Karin stellt doch gerne mal die Möbel um. Hattest du mir jedenfalls erzählt.«

»Das schon, aber doch nicht in unserer Wohnung – also Julian!« Lotte sieht ihn vorwurfsvoll von der Seite an, ohne ihre Tätigkeit zu unterbrechen. Plötzlich verharrt sie in der Bewegung. »Was ist das?«, fragt sie und hält den Bügel mit der Jacke hoch. Sie fasst beherzt in die linke Tasche. »Schau mal, ein Brief. – Du weißt zufällig nichts darüber?« Wie in Trance hängt sie die Jacke in den Schrank. Dann baut sie sich demonstrativ vor ihrem Mann auf und fächert sich mit dem gelben Umschlag Luft zu. – *Mit gelben Briefen stehe ich auf Kriegsfuß, das müsste er doch wissen …*

Sie zieht die Augenbrauen hoch und sagt auffordernd: »Also, ich höre!«

Julian, der gerade vor seinem Koffer kniet, um seine Jacken herauszunehmen, wirft einen kurzen Blick zu Lotte rüber.

»Nein, zufällig nicht. – Schau doch einfach rein.« Er erhebt sich und geht zu seinem Schrank, um Jacke für Jacke akribisch hineinzuhängen.

Lotte öffnet derweil mit einer gewissen Skepsis den Umschlag. »Der ist leer«, murmelt sie enttäuscht – »nein, warte – hier steckt was – Julian, das gibt es doch nicht – schau nur!« Neugierig kommt er näher.

»Warst du das?«

»Nein!« Julian nimmt Lotte den Brief aus der Hand und betrachtet ihn erstaunt.

»Dann kann es nur Jenny gewesen sein. – Habe gar nichts davon mitbekommen ... du etwa?«

Julian schüttelt den Kopf. Er gibt Lotte den Umschlag zurück und wendet sich wieder seinem Koffer zu. Der ist inzwischen leer und kann zusammen mit Lottes Koffer in den Keller.

Lotte jedoch läuft aufgeregt durchs Zimmer. Während sie weiterspricht, fuchtelt sie mit den Armen in der Luft herum. »Wir, also Jenny und ich, haben gewonnen. – Julian, verstehst du? – Gewonnen!«

Julian bleibt mit einem Ruck stehen. Er stellt die Koffer ab und fragt zweifelnd: »Was habt ihr denn gewonnen?« Zum Glück sieht sie sein Grinsen nicht. Er wendet sich noch immer nicht um, als er fragt: »Etwa wieder solche Rubbellose?«

»Genau, Julian, solche Rubbellose. Obwohl, nicht ganz.« Lotte geht langsam auf ihn zu, bis sie direkt hinter ihm steht. Dann spürt er dicht an seinem Ohr ihren Atem, als sie flüstert: »Der Gewinn beläuft sich auf – jetzt halt dich fest, auf zwei Millionen Euro. Kannst du dir vorstellen, was das für uns bedeutet?«

Julian wirbelt herum. Er ist ganz blass geworden. »Ich muss mich setzen.«

Jetzt lacht Lotte los. Es ist ein herzliches, ein glückliches Lachen. Sie klatscht, wie ein kleines Mädchen, in die Hände. »Auch, wenn ich mit Jenny teile, Julian, ist es eine Million nur für uns. Was man damit alles anstellen kann? Ein neues Auto, Klamotten für dich, mich und die Kinder – ein Haus …« Verträumt blickt sie ihn an und beginnt, erneut hin und her zu laufen.

»Stopp«, ruft Julian. Er springt auf. »Wieso eigentlich Euro und nicht Dirham?«

Lotte bleibt sofort stehen, dreht sich um und geht auf Julian zu. Sie umarmt ihn, dann sagt sie: »Natürlich Euro. Jenny hat seit – lass mich nachdenken – ungefähr vier Jahren ein Abo bei einem Lottounternehmen in Deutschland. Frage mich nicht, wie das heißt. Als wir vor drei Jahren Kolleginnen wurden und sie noch immer eine Mitspielerin suchte, musste ich nicht lange überlegen.«

»Das ist mir sowas von klar«, meint Julian nur und bückt sich nach den Koffern.

»Ich muss sofort Jenny anrufen. Das verstehst du doch?«

Ohne seiner Frau zu antworten, geht Julian endlich in den Keller. Als er das erledigt hat, will er sich in der Küche einen Kaffee machen, denn wenn Lotte erst einmal am Telefon hängt, dauert das ewig. Doch dann überlegt er es sich anders und verlässt eilig die Wohnung.

In der Suppenbar bei Toni

»Bloß gut, dass Emma noch in Berlin bei Anna und Hans ist und Niklas bei Felizitas«, sagt Julian zu Toni, der sich zu ihm an den Tisch gesetzt hat.

Heute ist nicht viel Betrieb, und um die wenigen Gäste können sich auch mal seine zwei Angestellten kümmern.

»Lass es dir schmecken, Kumpel.«

»Danke, es schmeckt.« Julian schaut kurz von seinem Teller auf. »Wie immer ausgezeichnet.« Er schiebt sich einen weiteren Löffel der köstlichen Kürbiscremesuppe in den Mund.

Toni fügt augenzwinkernd hinzu: »Und dann will ich alles haarklein von dir berichtet haben. Und mit alles meine ich auch alles.«

Julian nickt nur und zeigt auf seinen Mund. Langsam und genüsslich kaut er runter, beißt noch einmal von dem Brot ab, zuckt mit den Schultern und kaut. Toni winkt grinsend ab. Er steht auf, um zwei Gläser Helles zu holen.

»So, mein Freund, jetzt stoßen wir erst einmal auf eure Rückkehr an. – Prost!«

»Prost«, erwidert Julian und trinkt sein Bier in einem Zug aus.

»Auf das, worauf ich mit dir anstoßen möchte, geht nur mit Schnaps«, sagt Julian jetzt, »aber das ist ohne Lotte nicht möglich.«

In dem Moment sind durchs angekippte Fenster Schritte von der Straße zu hören. Die Tür öffnet sich und Lotte betritt die Bar. Sofort stürzt Toni auf sie zu. Er umarmt sie und meint: »Du kommst genau auf Stichwort. Komm, setz dich,

ich hole gleich den Schnaps.«

»Schnaps? Warum?« Lotte sieht Julian verwundert an.

»Ich habe ihm noch nichts erzählt«, sagt Julian schnell und hebt beide Hände.

»Aber du wolltest«, zischt Lotte zwischen den Zähnen hervor. »Das geht noch keinen was an – nicht einmal deinen Busenfreund.«

Da kommt Toni schon mit einem Tablett. Er stellt es auf dem Tisch ab.

»Für mich nicht«, wehrt Lotte vehement ab.

»Bist du wieder schwanger?« Toni sieht sie irritiert an.

»Spinnst du«, entgegnet Lotte ärgerlich. Sie zeigt ihm einen Vogel.

»Ist ja schon gut. Man wird ja noch fragen dürfen.«

Toni stellt vor jeden ein Glas hin und fragt: »Worauf stoßen wir denn nun an, ihr Lieben?«

»Auf unser Haus«, antwortet Lotte wie aus der Pistole geschossen.

»Haus?«, fragen Toni und Julian gleichzeitig.

»Ja, Haus.« Lotte sieht Julian herausfordernd an. »Schließlich will ich nicht in einer Mietswohnung alt und grau werden. Denn in Dubai hatten wir auch eins.« Sie zuckt mit den Schultern. »Bin inzwischen daran gewöhnt.«

Toni, der für Lotte rasch einen Orangensaft geholt hat, erhebt sein Glas. »Dann stoßen wir doch endlich an – aufs Haus, zumindest auf diese tolle Idee.«

Lotte schüttelt den Kopf und gießt ihren Schnaps in den Orangensaft. »Prost«, sagt sie nun auch und gibt Toni zu verstehen, dass sie noch einen Schnaps möchte.

Die drei Freunde sitzen noch lange beisammen und schmieden gemeinsam Pläne. Das Haus nimmt in ihrer Vorstellung immer mehr Gestalt an. Besonders gut gefällt Toni Julians Idee, in der unteren Etage eine Suppenbar einzurichten. »Dann können wir viel schneller unseren Appetit auf eine deiner köstlichen Suppen stillen«, sagt Lotte kichernd zum Schluss. Sie hat tatsächlich einen kleinen Schwips.

Epilog

Monate sind seitdem vergangen. Emma hat bereits ihren dritten Geburtstag hinter sich und wurde, wie immer, mit Geschenken überhäuft. Sehr zum Leidwesen ihrer Eltern. Lotte und Julian wollen ihre Kinder nicht zu sehr verwöhnen. Damit das nicht geschieht, muss Emma ihrem Bruder stets etwas von ihren Geschenken abtreten, was sie ohne Murren macht. Auch umgekehrt funktioniert es. Doch man wird sehen, denn sein zweiter Geburtstag naht.

Endlich ist es fertig, das Traumhaus von Lotte und Julian. Dass es genau nach ihren Vorstellungen entstanden ist, verdanken sie Karins Mann Robert. Einen besseren Architekten hätten sie sich nicht wünschen können. Seitdem haben sich auch die Wogen zwischen Lottes bester Freundin und ihrem Julian vollständig geglättet. Lotte ist überglücklich.

Toni hat seine Suppenbar bekommen. Inzwischen ist er liiert mit einem jungen Mann, der ebenfalls aus dem Gastgewerbe stammt und die Suppenbar in der Neustadt betreut. Deshalb hat Toni auch seine Wohnung in Dresden nicht aufgegeben. Nur, wenn es in seiner neuen Bar mal sehr spät wird, bleibt er über Nacht hier in Loschwitz.

Julian hatte die Idee, den Dachboden für drei Gästezimmer auszubauen, was sich inzwischen herumgesprochen hat. Naja, Toni ist nicht ganz unschuldig daran. Aus Freundschaft zu Lotte und Julian macht er unter seinen Gästen Werbung für die Ferienzimmer. Wenn seine beiden Freunde wegen ihrer Jobs sehr eingespannt oder auf Reisen sind, kümmert er sich auch um die Feriengäste. Lotte ist jedoch selten unterwegs. Sie arbeitet, schon wegen der Kinder, von zu Hause aus, auch wenn diese vormittags in der Einrichtung sind. Ihre neue Tätigkeit als Lektorin bei einem Dresdner Buchverlag macht ihr großen Spaß. Noch mehr freut sie sich darüber, dass ihr Kinderbuch, welches sich in der Endphase befindet, über diesen Verlag publiziert werden soll.

Es wird ihre eigene Familiengeschichte sein, der Felizitas wunderschöne Illustrationen verpasst hat. Nur der Buchtitel bereitet Lotte noch Kopfzerbrechen. Ständig fallen ihr neue Titel ein. Letztendlich hört sie wieder auf ihr Bauchgefühl. Bis zur Deadline gibt ihr der Verlag noch eine Woche Zeit.

Einweihungsfeier

Lotte stellt an den langen Tisch im Garten noch ein paar Stühle ran. Sie ist ganz aufgeregt. Julian kennt das ja von seiner Frau. Er unterstützt sie auch, wo er kann. Und wenn er ihr nur die Kinder abnimmt. Im Moment halten sie noch ihren Mittagsschlaf, auch wenn Emma vor Aufregung nicht einschlafen wollte. Julian schaut vom Fenster aus in den Hof. Lottes Eltern müssten jeden Moment eintreffen. Auch freut sich Julian auf Karin, mit der er sich mittlerweile blendend versteht. Wer hätte das jemals für möglich gehalten? Obwohl kleine Sticheleien zwischen ihnen noch … Er wird aus seinen Gedanken gerissen, denn Lotte kommt mit einem strahlenden Gesicht auf ihn zu. Sie hakt sich bei ihm unter und kuschelt sich ganz fest an ihn.

Mit einer weit ausladenden Armbewegung zeigt sie auf ihre

gemeinsame Errungenschaft. »Schau nur, Julian, dies alles hier gehört uns – uns ganz allein, und gib zu, dass Lottospielen gar nicht so verkehrt ist!« Dabei zwinkert sie ihm zu.

Julian streichelt zärtlich ihre Hand. »Ich muss zugeben, dass ich mich geirrt habe in Punkto deiner Lottospielerei, und selbstverständlich freue ich mich genauso über unser neues Heim – und wenn ich überlege, dass andere dafür lange sparen und sogar einen Kredit aufnehmen müssen, während wir solch ein Glück haben … trotzdem …«

Lotte lässt ihn sofort los. »Was heißt hier trotzdem?«

Julian legt beide Hände auf Lottes Schultern. Er sieht sie liebevoll an, bevor er seine wohl durchdachten Worte ausspricht. »Meine liebe Lotte«, beginnt er, »du und die Kinder, ihr seid … ich glaube, deine Eltern kommen … wir reden später.«

Erst vor einer Stunde haben Lotte und Julian ihren Besuch verabschiedet. Toni, der für Speis und Trank gesorgt hatte, kümmert sich jetzt um die Aufräumarbeiten. So kann Lotte sich ganz und gar der Verabschiedung ihrer Gäste widmen. Ihre Eltern sind bereits in Richtung Berlin unterwegs, natürlich mit dem Auto. Felizitas, die inzwischen wieder Single ist, wohnt noch immer in der Dresdner Altstadt, nahe der Frauenkirche. Mit der Straßenbahn erreichte sie innerhalb von vierzig Minuten ihr Ziel. Jedenfalls sagt das ihre WhatsApp-Nachricht, die Lotte gerade beantwortet. Karin, die zum Flughafen will, hat Lottes Begleitung kategorisch abgelehnt. »Bleib du bei deinem Mann und deinen Kindern. Ich komme schon zurecht.« Mit diesen Worten ist sie ins Taxi gestiegen und davongerauscht.

Auch wenn Karins Flug nach Großbritannien erst in fünf Stunden startet, sie will einfach so zeitig wie möglich vor Ort sein. Man weiß ja nie. Außerdem kann sie es kaum erwarten, ihre zwei Männer wieder in die Arme schließen zu können. Robert und ihr kleiner Sohn Marten stehen sicher schon auf dem ›London City Airport‹. Lotte erinnert sich an Karins Telefonat vor zwei Monaten. Sie hatte sofort ein Déjàvu, als ihr Karin aufgeregt von Roberts Jobangebot erzählte. Unerwartet bekam sein Architekturbüro einen Großauftrag aus London. Und ausgerechnet er soll den übernehmen und eine Bank komplett einrichten. Zwei Jahre Zeit gibt man ihm dafür. Für Karin stand es sofort fest, ihren Mann zu begleiten. Natürlich mit Söhnchen Marten. Sie ist halbtags in einer Bücherei beschäftigt, unweit ihrer Wohnung, die sich übrigens im Zentrum von London befindet. Während sie arbeiten ist, kann Marten unter Aufsicht einer Tagesmutti mit anderen Kindern spielen. Er scheint sich auch sehr wohlzufühlen.

Lotte lächelt. Ihre zwei Kinder haben sich inzwischen auch gut im Kindergarten eingelebt. Es ist schon ein Glück, dass ihre Stadt so viele Kindertagesstätten hat. Dresden ist schließlich nicht nur eine Großstadt, sondern die Landeshauptstadt von Sachsen. Und dass Lotte in dieser Stadt wohnt, macht sie auch ein bisschen stolz.

Ganz kurz fällt ihr Jenny ein, der sie so dankbar für den großen Lottogewinn ist. Ohne sie und das Lottospiel hätte es nie mit dem Hausbau geklappt. Zumindest wären noch Jahre bis dahin vergangen. Schade nur, dass Jenny nicht zu der Einweihungsfeier kommen konnte. Aber dafür gab es einen triftigen Grund. Einen sehr schönen sogar. Sie ist Mama von einer Tochter geworden. Allerdings kam die Kleine zwei Monate zu zeitig. Zum Glück sind alle gesund – Mutter und Kind. Papa Tarek natürlich auch, den es, als er Jenny bei der Geburt beistehen wollte, auf die Bretter gehauen hat. Doch als er Lotte die Nachricht von der kleinen Arlette überbrachte, hörte man ihn regelrecht durch das Telefon strahlen. Lotte streicht sich versonnen eine Strähne aus der Stirn. Im Haus ist noch alles ruhig. Emma und Niklas halten ihren wohlverdienten Mittagsschlaf. Das will Lotte nutzen. Sie gibt Julian ein Zeichen, mit ihr nach draußen zu kommen, denn sie hält es kaum noch aus vor Neugierde.

Im Garten lässt sich Lotte gleich im Gras nieder. Sie macht es sich im Schneidersitz bequem. Erwartungsvoll sieht sie ihrem Mann entgegen. »Schatz, wir wurden gestern unterbrochen – erinnerst du dich? Du wolltest mir doch etwas sagen.« Julian schmunzelt. Er setzt sich Lotte mit angezogenen Beinen gegenüber, umschlingt mit den Armen beide Knie und legt sein Kinn darauf. So kann er ihr genau in die Augen sehen. Dann beginnt er ohne Umschweife zu sprechen. »Meine liebe Lotte, du und die Kinder, ihr seid mein größtes Glück, und kein Lottogewinn kann das je toppen!«

Wie auf Stichwort kommt Emma mit Niklas an der Hand aus dem Haus. Lotte und Julian schauen sich vielsagend an. Sie springen zugleich auf und gehen mit ausgebreiteten Armen auf ihre Kinder zu, umarmen diese und lassen sich mit ihnen rücklings ins Gras fallen. Mitten in das Gelächter der vier raunt Lotte ihrem Julian zu: »Stimmt, mein Schatz – nichts kann unser gemeinsames Glück toppen, auch kein noch so großer Lottogewinn – denn eins ist sicher: Glück allein macht nicht glücklich … dazu braucht es mehr!«

Die Autorin

Unter dem Pseudonym Elfride Stehle schreibt und veröffentlicht Frieda E. Heidi Stolle seit 2012 Gedichte und Kurzgeschichten. Die in Cottbus geborene Autorin lebt seit 1974 mit ihrer Familie in der Oberlausitz.

Zwei ihrer Bücher erschienen im Karina Verlag, Vienna. Dort wirkte die Autorin auch in vielen Anthologien mit, u.a. in der Reihe »Jedes Wort ein Atemzug«. Der Erlös dieser Bücher geht zu 100 Prozent an die Gewaltopferhilfe in Österreich. 2018 entschied sich die Autorin, ihre Bücher im Selfpublishing bei BoD zu veröffentlichen.

Seit 2017 ist sie Mitglied in der ›Oberlausitzer Autorenrunde‹, die nach nunmehr drei Jahren guter Zusammenarbeit auf 11 Mitglieder angestiegen ist. Und 2020 trat sie dem Berufsverband junger Autoren Bonn/Leipzig bei.

Veröffentlichungen der Autorin

»kopfüber und mittendrin«, 2013, Gedichte und Geschichten
1. Buch (seit 2016 nicht mehr erhältlich)

»Lust auf Blütenduft und mee(h)r …«, 2015, Gedichte
2. Buch (www.karinaverlag.at)

»Wenn Worte anklopfen«, 2017, Gedichte und Geschichten
3. Buch (www.karinaverlag.at)

»Der Mond knipst die Sterne an – ein Lyrikreigen«, 2018
4. Buch (Selpublishing BoD)

»Mit Kolt und Degen«, 2019, Krimi
5. Buch (Selfpublishing BoD)

»Tanz unterm Regenbogen, Farbige Momente einer Liebe«, 2019
6. Buch (Selfpublishing BoD)

»Gedanken werden geboren … und Geschichten lebendig«, 2020
7. Buch (Selfpublishing BoD)

Die Autorin ist in 36 Anthologien vertreten.

Neben ihren Veröffentlichungen widmet sich die Autorin auch verschiedenen Geschenkbüchern. So kann man bei ihr das Buch »Die Ehe ist eine Brücke«, welches gleichzeitig als Geschenkkarte dient, erwerben, oder man lässt sich von ihr ein persönliches Jubiläums-Geburtstagsbuch erstellen.
Mehr darüber erfahren Sie auf ihrer Homepage:

http://elfride-stehle-schreibt.jimdo.com

Etwas zur Entstehung meiner Geschichte

Ich freue mich, dass Sie dieses Buch gelesen haben. Ob Sie es sich gekauft haben, ob Sie ein Freund darauf aufmerksam gemacht hat oder ob Ihnen das Buch geschenkt wurde, das ist völlig egal. Wichtig ist nur der Aspekt, ob Ihnen die Geschichte gefallen hat. Oft werde ich bei Lesungen gefragt, woher ich meine Ideen nehme. Vielleicht fragen Sie sich das auch?

Ein Schriftsteller ohne Ideen wäre kein Schriftsteller. Mit dieser simplen Antwort geben Sie sich bestimmt nicht zufrieden. Ideen entnehme ich meiner Umgebung. Geschichten liegen ja quasi auf der Straße. Man muss nur die Augen aufhalten. Stopp – erinnern Sie sich? Auf dem Zettel in dem gelben Brief heißt es doch: Augen auf! Das alleine genügt aber nicht. Etwas Fantasie braucht man natürlich auch. Ach so! Sie warten ja noch auf eine vernünftige Antwort von mir. Hier kommt sie:

Eines Tages stellte ich mir wieder mal die berühmte Frage: »Was wäre wenn?« Jetzt war ich meiner Idee schon etwas näher.

Ich stellte mir nämlich folgendes vor: Was wäre, wenn ich in meinem Briefkasten einen Umschlag mit der Aufschrift »an den Gewinner« finden würde? Die Idee für eine Geschichte war geboren. Doch es dauerte lange, bis sie Gestalt annahm, und es vergingen weitere Monate, bis sie so war, dass ich sagen konnte: Sie hat Format und ich kann sie meinen Leserinnen und Lesern anbieten.

Wenn Ihnen die Geschichte von Lotte, Julian, Emma und Niklas gefallen hat – erzählen Sie es weiter.

Sollte sie Ihnen nicht gefallen haben, dann sagen Sie es mir.

Herzlichst Ihre Elfride Stehle

Hummus – arabische Kichererbsenpaste (Rezept)

Hummus ist etwas Traditionelles im arabischen Raum und gibt es zu jeder Tageszeit zu fast jedem Essen. Da man es auch zu frischem Fladenbrot mit Zitrone reichen kann, hat Toni das Gericht kurzerhand in seiner neuen Bar auf die Speisekarte gesetzt.

Zutaten für das Humus (4 Personen)

400 g Kichererbsen aus der Dose

2 große Zitronen

2 EL Tahin (Sesampaste)

4 EL Olivenöl

½ TL Garam Masala

1 Prise Salz

1 Prise Pfeffer

1 Stängel Minze

1 Handvoll Petersilie

Knoblauch (wer es mag)

Zubereitung:

1. Kichererbsen in ein Sieb geben, abtropfen lassen und mit kaltem Wasser kurz abbrausen. Eine Zitrone auspressen, zweite Zitrone in Schiffchen achteln, Petersilie und Minze mit kaltem Wasser waschen, abtropfen lassen und klein hacken. Knoblauch schälen und klein schneiden.

118

2. Kichererbsen mit Zitronensaft, Knoblauch, Tahin, Olivenöl, Garam Masala, Salz und Pfeffer in ein hohes Gefäß
geben und zu einer gleichmäßigen Masse pürieren, kalt-
stellen und ca. 1 Stunde ziehen lassen.

3. Vor dem Servieren Hummus in eine Schüssel geben und
mit ein wenig Olivenöl beträufeln. Zitronenschiffchen
und frische Kräuter separat dazu servieren. Und natürlich
darf das ›Fladenbrot á la Toni‹ nicht fehlen.

Jetzt wünschen Ihnen Lotte, Julian und Toni viel Glück beim
Ausprobieren und einen

Guten Appetit!

Tipp:

Falls man eine größere Menge Hummus zubereitet, kann
man die Paste sehr gut mehrere Tage gut verschlossen im
Kühlschrank aufbewahren.

Quelle: Internet